EL MUNDO SUMERGIDO

J.G. BALLARD

EL MUNDO SUMERGIDO

minotauro

El mundo sumergido

Traducción: © Francisco Abelenda, 1966
Diseño de cubierta: Opalworks

Publicación de Editorial Planeta, S. A. Diagonal, 662-664, 08034 Barcelona.

ISBN: 978-84-450-2153-8
Depósito legal: B. 25.070-2026
Impreso en UE

1

En la playa del Ritz

Pronto haría demasiado calor. Kerans se asomó al balcón del hotel, poco después de las ocho, y observó cómo el sol subía tras las matas espesas de gimnospermas gigantes, que se amontonaban sobre los tejados de los almacenes abandonados, a casi medio kilómetro de distancia, en la orilla oriental de la laguna. El implacable poder del sol atravesaba las frondas tupidas y oliváceas, y los rayos refractados y romos martilleaban el pecho y los hombros desnudos de Kerans, que había comenzado a sudar. Kerans se puso un par de gafas de sol para protegerse los ojos. El disco solar no era ya una esfera definida, sino una vasta elipse creciente que se proyectaba abriéndose a lo largo del horizonte oriental, como una colosal bola de fuego, transformando con sus reflejos la superficie plúmbea e inerte de la laguna en un brillante escudo de cobre. Al mediodía, cuatro horas más tarde, el agua parecería un fuego encendido.

Normalmente, Kerans se despertaba a las cinco, y llegaba al laboratorio biológico a tiempo para trabajar cuatro o cinco horas antes de que el calor fuese intolerable, pero esa mañana se resistía a abandonar el refugio hermético y fresco de su habitación del hotel. Había empleado dos horas solo en el desayuno y luego completó seis páginas de su diario, retrasando deliberadamente la partida hasta que el coronel Riggs pasase por el hotel en la lancha, pues sabía que entonces sería demasiado tarde para ir al laboratorio. El coronel tenía la costumbre de quedarse charlando una hora, sobre todo cuando había aperitivos de por medio, y no se iría antes de las once y media, hora del almuerzo en la base.

Por alguna razón, no obstante, Riggs se había retrasado. Quizá había dado un rodeo más largo que de costumbre por las lagunas cercanas, o esperaba a que Kerans llegara al laboratorio. Durante un instante, Kerans pensó en tratar de comunicarse con Riggs mediante el transmisor de radio que la unidad de inteligencia de señales había instalado en el salón, pero el aparato estaba sepultado bajo una pila de libros y tenía la batería descargada. La primera emisión matutina de alegres canciones populares y noticias locales —el ataque de dos iguanas a un helicóptero la noche anterior, los últimos informes sobre temperatura y humedad— se había interrumpido bruscamente, y el cabo encargado de la estación de radio en la base le había protestado a Riggs. Pero el coronel sabía que Kerans deseaba cortar, inconscientemente, todo lazo con la base —el cuidadoso descuido de la pila de libros que ocultaba el aparato contrastaba de un modo demasiado obvio con la minuciosa pulcritud de Kerans en todo lo demás— y aceptaba con tolerancia esa necesidad de aislamiento.

Kerans se apoyó en la barandilla del balcón y el agua estancada, diez pisos más abajo, reflejó sus hombros angulosos y perfil aquilino. Observó una de las innumerables perturbaciones térmicas: la tempestad irrumpía en un monte de helechos enormes, a orillas del arroyo que nacía en la laguna. Atrapadas entre los edificios de alrededor y los estratos de inversión a treinta metros sobre el agua, las bolsas de aire se calentaban rápidamente y estallaban subiendo como globos aerostáticos, dejando atrás un vacío que detonaba de pronto. Las nubes de vapor que flotaban sobre el arroyo se dispersaban en unos pocos segundos, y un violento tornado en miniatura azotaba las plantas de veinte metros de altura abatiéndolas como cerillas. Luego, también bruscamente, la tempestad se desvanecía, y los grandes troncos flotaban juntos en el agua como caimanes perezosos.

Kerans se dijo que había sido prudente quedarse en el hotel —las tormentas eran cada vez más frecuentes a medida que subía la temperatura—, pero sabía que el verdadero motivo era otro: poco quedaba por hacer. El trazado de mapas biológicos se había convertido en un juego sin sentido, y la nueva flora aparecía siguiendo exactamente las líneas previstas veinte años antes. Estaba seguro de que nadie en el campamento Byrd del norte de Groenlandia se molestaba en archivar sus informes, y mucho menos en leerlos.

El viejo doctor Bodkin, ayudante de Kerans en el laboratorio, había enviado una vez la descripción de un enorme lagarto, provisto de una gigantesca aleta dorsal, que un sargento del coronel Riggs habría visto en una laguna, y que en nada se distinguía del pelicosaurio, reptil primitivo de

Pensilvania. Si hubieran tomado en serio el informe, que anunciaba el retorno de la edad de los grandes reptiles, un ejército de ecólogos habría descendido inmediatamente, auxiliado por una unidad de armas atómicas tácticas, a una velocidad constante de veinte nudos, pero aparte de la acostumbrada señal de recepción, no se había oído nada. Quizá los especialistas del campamento Byrd estaban tan cansados que ni siquiera tenían ganas de reírse.

En los últimos días del mes, el coronel Riggs y sus hombres habrían completado la inspección de la ciudad («¿Había sido en otro tiempo Berlín, París o Londres?», se preguntó Kerans) y partirían hacia el norte remolcando el laboratorio. Kerans no podía creer que dejaría alguna vez la suite de ático del hotel donde había vivido los últimos seis meses. La reputación del Ritz, reconoció con satisfacción, era muy merecida. El cuarto de baño, por ejemplo, con una bañera de mármol negro y grifos y espejos dorados, parecía la capilla de una catedral. De algún modo, a Kerans le alegraba ser el último huésped del hotel, pues identificaba el fin de una etapa de su propia vida —la odisea hacia el norte, entre las ciudades sumergidas del sur, que concluiría con el regreso a la férrea disciplina del campamento Byrd— con ese crepúsculo de despedida a la larga y espléndida historia del hotel.

Se había instalado en el Ritz al día siguiente de la llegada, cambiando complacido la estrecha cabina entre las mesas de laboratorio por las amplias habitaciones del hotel abandonado. Había aceptado en seguida el lujoso mobiliario tapizado de seda y las estatuas de bronce *art nouveau* de los nichos de los pasillos como escenario natural de su existencia, saboreando la sutil atmósfera de melancolía que envolvía estos últimos vestigios de una civilización prácticamente perdida para siempre. Muchos otros edificios a orillas de la laguna se habían hundido hacía tiempo en el barro, revelando la precariedad de su construcción, mientras que el Ritz se alzaba en espléndido aislamiento en la costa oeste, e incluso el moho azul que crecía sobre las alfombras de los corredores oscuros no hacía sino acrecentar su dignidad decimonónica.

La suite que ocupaba Kerans, diseñada en un principio para un hombre de negocios milanés, contaba con instalaciones de primera. El aislamiento térmico era todavía perfecto, y aunque los primeros seis pisos del hotel estaban ahora bajo el nivel del agua, y los muros empezaban a agrietarse, la unidad de aire acondicionado de doscientos cincuenta amperios funcionaba sin interrupción. Nadie había vivido en el hotel durante los últimos diez años, y sin embargo había poco polvo en las mesas y en los estantes dorados, y sobre el pupitre de piel de cocodrilo, en el tríptico de fotografías —el hombre de negocios; el hombre de negocios y su esbelta y bien alimentada familia; el hombre de negocios y el todavía más esbelto edificio de cincuenta pisos— apenas había una mancha. Por suerte para Kerans, su predecesor se había marchado de prisa, y los armarios y guardarropas estaban atestados de tesoros —raquetas de tenis con mango de marfil y batas hechas a mano—, y en el bar había botellas de *whisky* y coñac, que ahora eran añejos.

Un enorme mosquito anofeles, del tamaño de una libélula, cortó el aire junto a la cara de Kerans y se precipitó hacia el muelle flotante donde estaba amarrada la lancha. El sol se ocultaba aún tras la vegetación de la orilla oriental, pero el calor creciente sacaba ya a los feroces insectos de sus cuevas alojadas a lo largo de los muros del hotel, cubiertos de musgo. Kerans se resistía a dejar el balcón y refugiarse detrás de las puertas de alambre. Una belleza extraña y fúnebre flotaba sobre la laguna a la luz de primera hora del día. Las gimnospermas de color verdinegro, intrusas del pasado triásico, y los edificios de fachada blanca del siglo xx, sumergidos a medias, se reflejaban juntos en el espejo oscuro del agua. Los dos mundos unidos parecían estar suspendidos en alguna confluencia del tiempo. La ilusión se quebró por un momento cuando una araña de agua gigante agrietó la superficie oleosa a cien metros del hotel.

Lejos, más allá de un edificio gótico sumergido, a un kilómetro hacia el sur, un motor diésel tosió estrepitosamente. Kerans dejó el balcón, cerró a sus espaldas la puerta alambrada y entró en el cuarto de baño para afeitarse. El agua no salía por los grifos desde hacía tiempo, pero Kerans la traía por la ventana y desde el tejado, donde había instalado un alambique casero.

Aunque acababa de cumplir cuarenta años, Kerans tenía la barba canosa a causa del flúor radiactivo del agua, pero el cabello decolorado que despuntaba en la cabeza rapada y la piel tostada, de color ambarino, le hacían parecer diez años más joven. La falta crónica de apetito y las nuevas malarias le habían apergaminado la piel, seca y correosa bajo los pómulos, acentuándole las facciones ascéticas. Mientras se afeitaba, se examinó críticamente, tocando con las puntas de los dedos las afiladas facciones, acariciándose los músculos que le alteraban poco a poco los contornos de la cara, revelando una personalidad que antes, ya en la adultez, había permanecido latente. Siempre había sido un hombre de aspecto introvertido, pero parecía ahora más tranquilo y descansado que nunca. Se miró a sí mismo con los ojos fríos y azules y una expresión de irónico desinterés. El tiempo en que había vivido cohibido, enfrascado en sí mismo y su mundo, solo atento a sus propios ritos, había quedado atrás. Se mantenía ahora alejado de Riggs y sus hombres, más por comodidad que por misantropía.

Salió del baño, sacó del guardarropa del industrial una camisa de seda de color crema, con monograma, y se puso un par de pantalones ajustados, comprados en Zúrich, según se leía en el rótulo. Cerró las puertas dobles —las habitaciones eran en verdad una caja de vidrio entre paredes de ladrillo— y fue hacia la escalera.

Llegó al atracadero cuando la lancha del coronel Riggs, una barcaza modificada, rozó el catamarán. Riggs, erguido en la proa, apuesto y delgado, con un pie apoyado en la borda, observaba los arroyos serpenteantes y las lianas como un explorador africano de otros tiempos.

—Buenos días, Robert —saludó a Kerans, saltando a la plataforma bamboleante, unos cuantos barriles de doscientos litros sostenidos por un marco de madera—. Por suerte está todavía aquí. Tengo un trabajo entre manos y necesito su ayuda. ¿Puede tomarse un día de vacaciones?

Kerans lo ayudó a subir a la balaustrada de cemento que había sido en otros tiempos el balcón de un séptimo piso.

—Por supuesto, coronel. Aunque, a decir verdad, ya me lo he tomado.

Técnicamente, Riggs era la autoridad máxima en el laboratorio, y Kerans tendría que haberle pedido permiso, pero los dos hombres se trataban sin ceremonia. Habían trabajado juntos durante tres años, mientras el laboratorio y la escolta militar se movían lentamente hacia el norte por las lagunas europeas. Y Riggs prefería dejar que Kerans y Bodkin trabajaran a su modo, pues él mismo ya estaba suficientemente ocupado en anotar la posición de las isletas y muelles móviles y en evacuar a los últimos sobrevivientes. Para esta última tarea necesitaba a menudo la ayuda de Kerans, pues la mayoría de los que vivían aún en las ciudades o bien eran psicópatas, o bien se trataba de personas desnutridas que sufrían los efectos de la radiación.

Kerans no era solamente el director del laboratorio, sino también el oficial médico del grupo. Muchas de las personas con que tropezaban necesitaban hospitalización inmediata antes de que las trasladaran en helicóptero a una de las naves de desembarco, que las llevarían al campamento Byrd. Militares heridos, aislados en un edificio de oficinas en un pantano desierto, reclusos moribundos incapaces de separar su propia identidad de las ciudades donde habían pasado sus vidas, saqueadores descorazonados que se habían quedado atrás para dedicarse al pillaje... Riggs los ayudaba a ponerse a salvo, siempre con buen humor, pero también con firmeza, y Kerans esperaba junto a él, dispuesto a administrar un analgésico o una pastilla tranquilizante. A pesar de que Riggs no dejaba de exhibir su educación militar, a Kerans le parecía un hombre inteligente y simpático, que guardaba una reserva secreta de curioso humor. A veces tenía la tentación de poner a prueba este humor contándole al coronel la historia del pelicosaurio de Bodkin, pero decidía que era mejor callar.

El sargento implicado en dicha broma, un escocés terco y serio llamado Macready, se había subido a la jaula de alambre que protegía la cubierta de la barcaza, y apartaba cuidadosamente las ramas y frondas. Ninguno de los otros tres hombres trataba de ayudarlo. Parecían fatigados y consumidos, sentados en fila y apoyados de espaldas en un mamparo. El calor incesante y las dosis cotidianas y masivas de antibióticos les habían despojado de toda energía.

Cuando el sol apareció sobre la laguna, levantando nubes de vapor bajo el vasto palio dorado, Kerans sintió el terrible hedor del agua, los olores compactos y dulces en la vegetación muerta y de los cadáveres de los animales. Unas moscas grandes giraban en círculos, golpeando la jaula de alambre de la barcaza, y unos murciélagos gigantescos corrían sobre el agua caliente hacia los refugios de los edificios en ruinas. Unos pocos minutos antes, desde el balcón, la laguna le había parecido a Kerans hermosa y serena. Ahora comprendía que solo era un pantano de desperdicios.

—Subamos al puente —le sugirió a Riggs en voz baja para que los otros no lo oyeran—. Le invito a una copa.

—Bravo, amigo. Me alegra que haya adoptado modales aristocráticos. —Riggs le gritó a Macready—: Sargento, subo a ver si puedo arreglar el aparato destilador del doctor.

Macready aceptó la explicación con un escéptico movimiento de cabeza y Riggs le guiñó un ojo a Kerans, pero el subterfugio era inocuo. La mayoría de los hombres llevaban petacas, y una vez que el sargento diese su aprobación con un gruñido, los tres tripulantes sacarían los frascos y esperarían plácidamente el regreso del coronel.

Kerans entró en el dormitorio por la ventana que miraba al muelle.

—¿Cuál es su problema, coronel?

—No es mi problema. En realidad, el problema es suyo.

Riggs subió la escalera detrás de Kerans, golpeando con la porra las lianas que se enroscaban en la barandilla.

—¿Todavía no ha arreglado el ascensor? Siempre pensé que la reputación de este hotel era excesiva. —Sonrió complacido, sin embargo, cuando respiró el aire fresco como el marfil del ático de Kerans, y se sentó aliviado en un sillón Luis XV de patas doradas—. Todo muy elegante. Pienso, Robert, que tiene usted un talento natural para la vida regalada. Podría mudarme y vivir aquí. ¿Hay sitio?

Kerans meneó la cabeza, pulsando un botón en el muro y esperando a que el bar girara junto con una biblioteca simulada.

—Pruebe el Hilton. El servicio es mejor.

La respuesta era una broma, pero, aunque Riggs le gustaba, prefería verlo lo menos posible. Vivían separados por varias lagunas, y la jungla amortiguaba eficazmente el constante estrépito que llegaba de la cocina y la armería de la base. Aunque conocía a los veinte hombres del destacamento desde hacía ya dos años, en los últimos seis meses solo había conversado con Riggs y con Macready, limitándose a intercambiar con los demás breves gruñidos y preguntas en la enfermería. Incluso las interacciones con Bodkin habían sido reducidas a lo indispensable. De común acuerdo, los dos biólogos habían renunciado a las bromas y charlas que los habían ayudado a pasar dos años catalogando especies y preparando láminas en el laboratorio.

La creciente tendencia al aislamiento y la autosuficiencia que se manifestaba en todos los hombres del grupo, y a la que solo el alegre Riggs parecía inmune, le recordaba a Kerans la disfunción metabólica y la regresión biológica de todas las formas animales cuando va a operarse en ellas una metamorfosis fundamental. Se preguntaba a veces en qué zona de tránsito estaba entrando él mismo, y pensaba que su propia regresión no era síntoma de una esquizofrenia latente, sino una cuidadosa preparación para un ambiente radicalmente nuevo, caracterizado por un paisaje y un funcionamiento propios, donde las formas de razonamiento previas serían un estorbo.

Le extendió un vaso de *whisky* a Riggs, luego llevó el suyo hasta el escritorio, y sacó lentamente algunos de los libros amontonados sobre el aparato de radio.

—¿Lo llegó a encender alguna vez? —preguntó Riggs, con fingido tono de reproche.

—Nunca —dijo Kerans—. ¿Para qué? Conocemos todas las noticias de los próximos tres millones de años.

—No es cierto. Tendría que encenderla de cuando en cuando. Oiría muchas cosas interesantes. —Riggs dejó su vaso y se inclinó hacia delante—. Esta mañana, por ejemplo, hubiera oído que dentro de tres días recogemos y nos vamos. —Kerans se volvió, sorprendido, y Riggs asintió con un movimiento de cabeza—. La orden llegó anoche desde Byrd. Parece que el nivel del agua sigue subiendo. Todo el trabajo que hemos hecho aquí no sirve para nada, como yo siempre he sostenido, por otra parte. Los destacamentos norteamericanos y rusos también regresan. La temperatura en el ecuador es de ochenta grados centígrados, y está aumentando. El cinturón de lluvias se extiende ahora hasta el paralelo veinte. Hay más cieno también... —Se interrumpió y miró atentamente a Kerans—. ¿Qué ocurre? ¿No le alegra irse?

—Claro que sí —respondió Kerans mecánicamente. Tenía en la mano un vaso vacío y cruzó la habitación para dejarlo en el bar, pero se descubrió tocando distraídamente el reloj sobre la chimenea. Miró alrededor como buscando algo—. ¿Tres días, dice usted?

—¿Qué quería, tres millones? —Riggs sonrió mostrando los dientes—. Robert, se me ocurre que le gustaría quedarse aquí.

Kerans se acercó al bar y llenó el vaso, dominándose. Había logrado sobrevivir a la monotonía y el aburrimiento del último año apartándose de manera deliberada del tiempo y el espacio del mundo corriente, y el retorno imprevisto a la tierra lo había desconcertado un momento. Además, se daba cuenta, había otros motivos, y otras responsabilidades.

—No diga disparates —replicó con desenvoltura—. No había caído en la cuenta de que podíamos retirarnos tan precipitadamente. Claro que me alegra irme. Aunque admito que he disfrutado aquí. —Señaló con un ademán la habitación—. Quizá todo esto va con mi temperamento de *fin de siècle*. En el campamento Byrd viviré en una lata de sardinas. Lo más parecido que encontraré allí será escuchar «Divirtiéndose con Beethoven» en la radio local.

Riggs rio de buena gana y se puso de pie, abrochándose la chaqueta.

—Robert, es usted un hombre raro.

Kerans apuró el vaso.

—Escuche, coronel, no creo que pueda ayudarlo esta mañana. Ha surgido algo urgente.

Riggs asintió con lentos movimientos de cabeza.

—Oh —continuó Kerans—, ya entiendo. Ese era su problema. Mi problema.

—Exactamente. La vi anoche, y de nuevo esta mañana, después de que llegara la noticia. Tiene que convencerla, Robert. Se niega a irse, de plano. No comprende que esta vez es el fin, que no habrá más destacamentos. Aguantará quizá otros seis meses, pero cuando las lluvias lleguen aquí, no podremos mandar un helicóptero siquiera. Además, para entonces a nadie le importará. Se lo dije, y me contestó dándome la espalda.

Kerans sonrió débilmente, recordando un familiar balanceo de cadera y un paso orgulloso.

—Beatrice puede ser una mujer difícil a veces —transigió, esperando que la muchacha no hubiese ofendido a Riggs. Se necesitarían quizá más de tres días para convencerla, y quería saber si el coronel estaba dispuesto a esperar—. Es una criatura compleja. Habita varios niveles, y hasta que no se sincronizan puede parecer que está loca.

Dejaron la habitación. Kerans cerró con cuidado los paneles de vidrio y encendió las alarmas termostáticas para que el aire no sobrepasara los veinticinco grados en las siguientes dos horas. Bajaron al atracadero por la escalera y

Riggs se detuvo de tanto en tanto a saborear el aire dorado y fresco de los salones que miraban a la laguna, espantando con un siseo a las serpientes que se deslizaban entre los divanes húmedos y mohosos. Subieron a la barcaza y Macready cerró bruscamente detrás de ellos la puerta de la jaula de alambre.

Cinco minutos después cruzaban la laguna alejándose del hotel, remolcando la lancha de Kerans, que giraba en el remolino. Unas ondas doradas centelleaban en el aire hirviente, y las gigantescas plantas a su alrededor parecían bailar en los diferentes gradientes térmicos como una selva vudú.

Riggs espió sombríamente entre los alambres.

—Por suerte ha llegado ese mensaje de Byrd. Debimos irnos hace años. Este trabajo de localizar puertos que podrían utilizarse en un futuro hipotético es absurdo. Incluso en caso de que las llamaradas solares disminuyeran, pasarían por lo menos diez años antes de que cualquier intento de regresar a las ciudades se pusiera en marcha. Para entonces, casi todos los edificios grandes se habrán hundido en el barro. Solo para desbrozar esta laguna se necesitarán dos divisiones. Bodkin me decía esta mañana que algunas de las copas de los árboles, y se trata de plantas herbáceas, no lo olvide, alcanzan una altura de sesenta metros. Hoy todo esto no es más que un condenado zoológico.

Riggs se quitó la gorra de plato, se pasó la mano por la frente y gritó sobre el creciente rugido de los dos diésel fueraborda.

—Si Beatrice se queda mucho más, enloquecerá de veras. A propósito, esto me recuerda otra razón por la que debemos irnos. —Echó una ojeada a la figura erguida y solitaria del sargento Macready, que manejaba el timón, y miró luego fijamente la estela en el agua y los rostros absortos y consumidos de los otros hombres—. Dígame, doctor, ¿qué tal duerme estos días?

Sorprendido, Kerans se volvió para mirar al coronel, tratando de descubrir si la pregunta era una referencia indirecta a su relación con Beatrice Dahl. Riggs lo observaba con ojos brillantes e inteligentes, mientras sostenía la porra entre las delgadas manos.

—Profundamente —respondió Kerans con cuidado—. Nunca había dormido mejor. ¿Por qué?

Riggs asintió con un simple movimiento de cabeza, y le gritó una orden a Macready.

2

La llegada de las iguanas

Chillando como una banshee desposeída, un murciélago de cabeza de martillo salió de pronto de un arroyo lateral y voló directamente hacia la barcaza. El laberinto de telas gigantescas, que las colonias de arañas habían tejido sobre el arroyo, lo desorientó un momento: pasó a unos pocos centímetros de la caperuza de alambre, sobre la cabeza de Kerans, y luego se alejó sobrevolando los edificios sumergidos, entre las frondas de los helechos que asomaban en los tejados como velámenes. De pronto, cuando el murciélago volaba ante una cornisa, una criatura hasta entonces inmóvil se adelantó y alcanzó al animal en el aire. Se oyó un grito, breve y penetrante, y Kerans vislumbró unas alas aplastadas entre las mandíbulas del lagarto. En seguida el reptil se retiró, ocultándose en el follaje.

A lo largo del arroyo, posadas en los alféizares de los edificios de oficinas y tiendas, las iguanas miraban pasar a los hombres, moviendo convulsivamente las cabezas marmóreas. Algunas se zambullían en la estela de la barcaza, persiguiendo a dentelladas a los insectos que habían dejado las lianas y los troncos putrefactos, y luego entraban nadando por las ventanas, trepaban por las escaleras y ocupaban otra vez sus puestos de observación. Sin los reptiles, las lagunas y arroyos de los edificios sumergidos hubiesen tenido una extraña y ensoñadora belleza, pero las iguanas y los basiliscos se habían instalado en las salas de los directorios, mostrando así que habían ocupado la ciudad. Una vez más eran la forma de vida que dominaba la Tierra.

Alzando los ojos hacia las antiguas caras impasibles, Kerans entendió ese curioso miedo que despertaban, resucitando recuerdos arcaicos del Paleoceno, cuando los reptiles cedían su primacía a los mamíferos con ese odio implacable de las especies zoológicas desplazadas.

Dejaron al fin el arroyo y entraron en la laguna próxima, un amplio círculo de agua verde y oscura de casi un kilómetro de diámetro. Una línea de boyas rojas de material plástico señalaba el canal que desembocaba en el otro extremo. La barcaza tenía poco más de treinta centímetros de calado, y mientras avanzaban por las aguas tranquilas, los rayos oblicuos del sol mostraban claramente los contornos sumergidos de unos edificios de cinco y seis pisos que se alzaban en las profundidades como espectros gigantescos, y a veces, aquí y allí, la estela de la barcaza descubría un techo musgoso.

A veinte metros de profundidad, entre los edificios, corría una avenida gris y recta, y a los lados de la calzada se veían todavía los cascos herrumbrados de los automóviles. En el centro de la ciudad, muchas lagunas estaban rodeadas por un grupo de edificios, de modo que no había mucho barro en ellas. Libres de vegetación —excepto por algunas pocas algas flotantes—, las calles y tiendas, preservadas casi por completo, eran como las imágenes reflejadas de unos edificios que ya no estaban allí.

La mayor parte de la ciudad había desaparecido hacía tiempo, y solo los edificios de estructura de acero de la zona comercial y financiera habían sobrevivido a la presión de las aguas. Las casas de ladrillo y las fábricas bajas de los suburbios habían desaparecido por completo sepultadas bajo mareas de cieno. Allí donde los sedimentos llegaban a la superficie, unos bosques gigantescos subían hacia el cielo ardiente, de color verde opaco, ahogando los antiguos campos de trigo de las zonas templadas de Europa y Norteamérica. La espesa e impenetrable selva, a veces de cien metros de altura, era un mundo de pesadilla: formas orgánicas que luchaban unas contra otras, volviendo rápidamente al pasado paleozoico. Las unidades militares de las Naciones Unidas se movían por los sistemas de lagunas que habían inundado las viejas ciudades. El cieno estaba entrando ya, sin embargo, en esas lagunas.

Kerans recordaba la interminable sucesión de crepúsculos verdes tras Riggs y él mientras iban lentamente hacia el norte, cruzando Europa, abandonando ciudades en las que la vegetación miásmica se apretaba en los estrechos canales, extendiéndose de un tejado a otro.

Ahora tenían que abandonar otra vez una ciudad. Pese a las grandes dimensiones de los edificios comerciales principales, aquí había solo tres lagunas, rodeadas por unas charcas de cincuenta metros de diámetro y una red de canales y arroyos estrechos que seguían aproximadamente el trazado primitivo de las calles y se perdían en las junglas de alrededor o desembocaban en las sábanas de agua humeante —los residuos de los océanos primitivos— donde asomaban los archipiélagos que se unían luego para formar las junglas compactas del macizo meridional.

Riggs y sus hombres habían instalado la base y el laboratorio biológico sobre lo que había sido en otro tiempo el sector comercial de la ciudad, en la laguna del sur, protegida por rascacielos de treinta pisos.

Cuando entraron en la laguna, la base flotante, pintada con rayas amarillas, estaba en el lado de sombra, detrás de una cortina de rayos reflejados, y las palas giratorias del helicóptero, posado en el techo de la base, arrojaban unas lanzas brillantes sobre el agua. Doscientos metros más allá, en la orilla, se encontraba la proa blanca del laboratorio biológico, amarrado junto a un edificio de techo abovedado que antaño había sido un auditorio.

Kerans alzó los ojos hacia los acantilados rectangulares de ventanas intactas que le recordaban las fotografías de los soleados paseos marítimos de Niza, Río y Miami que había visto de niño en las enciclopedias del campamento Byrd. Sin embargo, curiosamente, a pesar del poderoso encanto de esos mundos de lagunas y ciudades sumergidas, nunca se había interesado en visitar los edificios, ni se había molestado en identificar las ciudades a las que le habían destinado.

El doctor Bodkin, veinticinco años mayor, había vivido en muchas de esas ciudades, europeas y americanas, y empleaba casi todas sus horas libres en recorrer los canales más remotos, buscando museos y bibliotecas, donde en verdad no encontraba otra cosa que sus propios recuerdos.

La falta de recuerdos explicaba quizá la indiferencia de Kerans ante el espectáculo de una civilización que se hundía lentamente. Había nacido y lo habían educado en la zona limitada en otro tiempo por el llamado círculo polar ártico —ahora una región subtropical, con una temperatura anual media de veinticinco grados centígrados— y fue por primera vez al sur siguiendo una expedición ecológica, cuando ya había cumplido los treinta. Los vastos pantanos y las junglas le parecieron un laboratorio fabuloso; las ciudades sumergidas, poco más que pedestales adornados.

Excepto los hombres más viejos, como Bodkin, no había nadie que recordara haber vivido en ellas, e incluso en la infancia de Bodkin las ciudades habían sido fortines asediados, encerrados en enormes diques, desintegrados por el pánico y la desesperación, Venecias que se resistían a celebrar sus bodas con el mar. Las ciudades, hermosas y fascinantes precisamente porque estaban vacías, porque en ellas se unían de manera extraordinaria dos extremos de la naturaleza, eran ahora como coronas de oro abandonadas en una selva y cubiertas de orquídeas salvajes.

La sucesión de gigantescos cataclismos geológicos que transformaron el clima de la Tierra se había iniciado hacía sesenta o setenta años. Una serie de tormentas solares, violentas y prolongadas, provocadas por una inestabilidad repentina del Sol, había ampliado los cinturones de Van Allen y debilitado la atracción gravitatoria terrestre que retenía las capas exteriores de la ionosfera. Cuando estas capas se desvanecieron en el espacio, dejando a la

Tierra sin protección contra las radiaciones solares, la temperatura empezó a subir regularmente, y la atmósfera recalentada se expandió hasta alcanzar los límites de la ionosfera.

La temperatura media subió unos pocos grados por año, en todo el mundo. Las zonas tropicales fueron pronto inhabitables, y poblaciones enteras emigraron hacia el sur y hacia el norte escapando a temperaturas de cincuenta y sesenta grados. Las regiones templadas se convirtieron en tropicales. En Europa y en Norteamérica, golpeadas por continuas olas de calor, la temperatura era apenas inferior a los treinta y cinco grados. Las Naciones Unidas dispusieron entonces la colonización de las llanuras antárticas y de la costa septentrional de Canadá y de la Unión Soviética.

Durante un período de veinte años, la vida se adaptó gradualmente a estos cambios climáticos. El tempo vital se hizo más lento, como era inevitable, y nadie se decidía a combatir el avance de las junglas. No solo se aceleró el crecimiento de todas las formas vegetales. Los niveles más altos de radiactividad aumentaron también, lo cual provocó mutaciones. Pronto aparecieron las primeras variedades botánicas anormales, parecidas a los helechos gigantes del período carbonífero, y las formas inferiores de vida se desarrollaron rápidamente.

Un nuevo e importante cataclismo geológico oscureció estas apariciones. El calentamiento continuo de la atmósfera había empezado a fundir los casquetes polares. Los mares helados de las llanuras antárticas se quebraron y disolvieron. Decenas de millares de témpanos del círculo ártico, Groenlandia y el norte de Europa, la Unión Soviética y América se derramaron en el mar, y millones de metros cúbicos de permafrost se licuaron en ríos gigantescos.

En realidad, el nivel del agua en todo el mundo solo hubiera subido unos pocos metros, pero los vastos torrentes arrastraron millones de toneladas de sedimentos. Los deltas se alzaron en las desembocaduras como diques, y extendieron las costas de los continentes. Los mares que habían cubierto dos tercios de la superficie total del globo ocupaban ahora solo la mitad.

Los nuevos mares empujaron hacia las costas el cieno sumergido y modificaron la forma y los contornos de los continentes. El Mediterráneo se transformó en un sistema lacustre, y las Islas Británicas se unieron otra vez a Francia. Las llanuras centrales de Estados Unidos, cubiertas por las aguas que el Misisipi traía de las montañas Rocosas, se convirtieron en un golfo enorme que se abría en la bahía de Hudson, y en el Caribe asomaron unas salinas barrosas. En Europa el agua se acumuló en lagos, y el barro arrastrado hacia el sur inundó las ciudades de las llanuras.

Durante los treinta años siguientes, las poblaciones continuaron emigrando hacia el polo. Unas pocas ciudades fortificadas desafiaron el nivel creciente de las aguas y la invasión de los bosques, pero las murallas cedieron una tras otra. La vida solo era tolerable en las zonas circumpolares, donde la incidencia oblicua de los rayos del sol debilitaba el poder de las radiaciones. Las ciudades que se alzaban en las regiones montañosas cercanas al ecuador, y donde la temperatura no era tan elevada, habían sido abandonadas también, pues la atmósfera apenas absorbía allí los rayos solares.

El problema del emplazamiento de las poblaciones migratorias encontró su solución en este último factor. La fertilidad cada vez menor de los mamíferos y la ascendencia creciente de los anfibios y reptiles, mejor adaptados a la vida en las lagunas y pantanos, invirtieron el equilibrio ecológico. En la época del nacimiento de Kerans en el campamento Byrd —una ciudad de diez mil habitantes del norte de Groenlandia— se estimaba que en los casquetes polares no vivían más de cinco millones de hombres.

El nacimiento de un niño era en ese momento casi una curiosidad, y solo un matrimonio de cada diez tenía descendencia. Como Kerans se decía a veces, el árbol genealógico de la humanidad se podaba sistemáticamente a sí mismo, retrocediendo al parecer en el tiempo, y era posible que un día un segundo Adán y una segunda Eva se encontraran otra vez solos, en un nuevo Edén.

Riggs advirtió que Kerans sonreía para sí.

—¿Qué le divierte, Robert? ¿Otro de sus chistes macabros? No trate de explicármelo.

—Estaba ensayando un nuevo papel.

Kerans miró por encima de la borda la hilera de edificios de oficinas que desfilaba a media docena de metros. Las olas que la barcaza levantaba rompían en las ventanas abiertas y salpicaba el interior. El olor acre del cieno contrastaba con los aromas dulzones de la vegetación. Macready había llevado la barcaza a la sombra de los edificios, y la temperatura era agradable allí, junto al rocío del agua.

En el otro extremo de la laguna, sobre la cubierta de estribor del laboratorio, asomaba la figura corpulenta del doctor Bodkin, con el torso desnudo. Llevaba una faja de cachemir alrededor de la cintura y una visera verde sobre los ojos, y parecía el jugador de cartas de un barco ribereño en una mañana libre. Recogía en ese momento, de los helechos que colgaban sobre el laboratorio, unas bayas grandes como naranjas, y se las arrojaba a unos titíes que jugueteaban en las ramas por encima de su cabeza, provocándolos con gritos y silbidos. Veinte metros más allá, en una cornisa, tres iguanas observaban la escena con pétrea desaprobación, impacientes, sacudiendo lentamente las colas.

Macready accionó la caña del timón y la barcaza giró sobre sí misma creando un abanico de espuma y se puso al abrigo de un edificio de fachada blanca que se alzaba veinte pisos fuera del agua. Una lancha herrumbrada, de casco blanco, esperaba atracada a un edificio cercano, más pequeño. Los vidrios oblicuos de la cabina de mando estaban rajados y sucios, y de los tubos de escape salía al agua un aceite rojizo.

La barcaza, guiada hábilmente por Macready, atracó detrás de la lancha, y Riggs y Kerans abrieron la puerta de alambre, saltaron al techo del edificio bajo y cruzaron una estrecha pasarela metálica que llevaba al edificio de oficinas. En las paredes del pasillo había una humedad viscosa, y unas grandes manchas de moho cubrían el yeso, pero el ascensor funcionaba todavía, movido por un diésel de emergencia. Los dos hombres subieron lentamente y se detuvieron en el piso superior del dúplex. Salieron del ascensor y se dirigieron a la terraza por un pasillo lateral.

En el piso inferior había una piscina y un patio cubierto, y a la sombra, junto al trampolín, unas brillantes sillas de playa. Unas persianas venecianas, pintadas de amarillo, ocultaban las ventanas en tres lados de la piscina, pero las aberturas dejaban ver la sombra fresca del salón y el brillo del cristal labrado y la plata en unas mesas. En la penumbra del extremo del patio, bajo el toldo de rayas azules, había una larga encimera de cromo, atractiva como un bar con aire acondicionado visto desde una calle polvorienta, y los vasos y las botellas se reflejaban en un espejo de cristales romboidales. Todo en ese refugio privado parecía limpio y discreto, a miles de kilómetros de la vegetación poblada de moscas y de la templada agua tropical que se extendía veinte pisos más abajo.

Más allá del otro extremo de la piscina, entre los hierros de un balcón ornamental, se veía la laguna, la ciudad que emergía entre las plantas invasoras, las láminas lisas y plateadas del agua que se extendían hacia las manchas verdes del horizonte del sur. Los dorsos de los bancos de cieno quebraban aquí y allá la superficie líquida, y una pelusa amarilla cubría las aristas: los primeros brotes de los bambúes gigantes.

El helicóptero se elevó desde el techo de la base, voló en una parábola hacia el edificio blanco, moviendo la cola cada vez que cambiaba de dirección, y pasó rugiendo por encima de las cabezas de Kerans y Riggs. Dos hombres asomados a la escotilla examinaban los techos con binoculares.

Beatrice Dahl estaba acostada en una de las sillas de lona, y el cuerpo, largo y aceitado, le brillaba en la sombra como una pitón adormilada. Posaba levemente unos dedos de uñas rosadas en el vaso con hielo de una mesita cercana y con la otra mano volvía lentamente las páginas de una revista. Unas grandes gafas de sol, de color negro azulado, le ocultaban parte de la cara, de piel suave y pulida. Kerans notó en seguida el leve fruncimiento de los labios. Riggs la había molestado, probablemente, obligándola a aceptar la lógica de su razonamiento.

El coronel se detuvo cerca de la barandilla y miró apreciativamente el cuerpo esbelto de Beatrice. La muchacha notó la presencia de los hombres, se quitó las gafas de sol y sujetó bajo los brazos las tiras sueltas del biquini. Los observó con ojos brillantes y serenos.

—Muy bien, vayan al grano. Esto no es un espectáculo de estriptis.

Riggs rio entre dientes y bajó trotando por la escalera de acero. Kerans lo siguió pisándole los talones, preguntándose cómo podría convencer a Beatrice para que dejara aquel santuario privado.

—Mi querida señorita Dahl, debería sentirse halagada —dijo Riggs, levantando el toldo y sentándose en una de las sillas—. Ya ve que siempre vengo a visitarla. Además, como comandante militar de la zona —aquí le guiñó risueñamente un ojo a Kerans— soy responsable de usted, en cierto sentido. Y viceversa.

Beatrice lo miró de reojo, brevemente, y extendió el brazo para subir el volumen del tocadiscos.

—Ay, Dios... —dijo, y en seguida murmuró otra imprecación menos cortés y alzó los ojos hacia Kerans—. ¿Y tú, Robert? ¿Qué te trae por aquí tan temprano?

Kerans se encogió de hombros, sonriéndole con amabilidad.

—Te echaba de menos.

—Bravo. Pensé que quizá este *gauleiter* había tratado de asustarte con sus historias terroríficas.

—Bueno, así fue en verdad. —Kerans tomó la revista sobre la rodilla de Beatrice y la hojeó ociosamente. Era un número de *Vogue*, de hacía cuarenta años, con las páginas heladas. La habían guardado, evidentemente, en algún lugar refrigerado. La dejó caer en el suelo de losas verdes—. Bea, parece que todos tendremos que irnos de aquí en un par de días. El coronel y sus hombres se marchan. Nosotros tampoco podremos quedarnos.

—¿Nosotros, dices? —repitió secamente la muchacha—. No sabía que tuvieses intención de quedarte.

Kerans echó una ojeada involuntaria a Riggs, que lo observaba con atención.

—Ya sabes de qué hablo —dijo con firmeza—. Habrá mucho que hacer en las próximas cuarenta y ocho horas. Plantarte no hará más que complicar las cosas.

Antes de que la muchacha pudiera replicar a Kerans, Riggs dijo suavemente:

—La temperatura sigue subiendo, señorita Dahl. El cinturón de lluvias ecuatorial avanza hacia el norte y llegará aquí en un par de meses. Cuando deje de llover y las nubes desaparezcan, el agua de esa piscina —señaló el tanque de líquido humeante, cubierto de insectos— casi hervirá. Los anofeles tipo X, los melanomas y las iguanas que chillarán toda la noche le quitarán las ganas de dormir. —Cerró los ojos y añadió con aire pensativo—: Bueno, si aún le quedan ganas de dormir.

Kerans advirtió un leve temblor en los labios de la muchacha, y recordó la serena ambigüedad con que Riggs le había preguntado en la barcaza cómo dormía.

—Además —continuó el coronel—, los merodeadores que viven en las lagunas del Mediterráneo vendrán hacia el norte, y no será fácil tratar con ellos.

Beatrice se echó el pelo negro sobre un hombro.

—Tendré la puerta cerrada, coronel.

—¡Por Dios, Beatrice! —exclamó Kerans, irritado—. ¿Qué quieres demostrar? Quizá estos impulsos autodestructivos te diviertan ahora, pero cuando nos vayamos no te parecerán tan graciosos. El coronel solo trata de ayudarte. En realidad, le importa un comino que te quedes o no.

Riggs rio brevemente.

—Bueno, yo no diría eso. Pero, si mi actitud le preocupa tanto, señorita Dahl, atribúyala a un excesivo sentido del deber.

—Muy interesante —comentó Beatrice con sarcasmo—. Yo creía que nuestro deber era quedarnos aquí todo el tiempo posible, a costa de cualquier sacrificio. O por lo menos —y aquí miró a Riggs con un brillo de ironía en los ojos— esas fueron las razones que le dieron a mi abuelo cuando el gobierno le confiscó casi todas sus propiedades. —Advirtió que Riggs miraba el bar por encima del hombro—. ¿Qué ocurre, coronel? ¿Busca su chupete? No le serviré una copa, si es eso lo que anda buscando. Me parece que ustedes los hombres solo vienen aquí a emborracharse.

Riggs se enderezó.

—Muy bien, señorita Dahl. Me doy por vencido. Le veré luego, doctor. —Saludó a Beatrice con una sonrisa—. Mañana, en cualquier momento, mandaré la barcaza a recoger su equipaje, señorita Dahl.

Riggs se fue y Kerans se acomodó en la silla, mirando el helicóptero que volaba en círculos sobre la laguna próxima. De cuando en cuando descendía a los tejados y el torbellino de las palas golpeaba las frondas colgantes de los helechos, espantando a las iguanas. Beatrice trajo una copa del bar y se sentó en la silla a los pies de Kerans.

—Me gustaría que no me analizaras delante de ese hombre, Robert —dijo, alcanzándole el vaso.

Se reclinó en las rodillas de Kerans, apoyando la barbilla en el brazo. Por lo común, tenía una piel lisa y un aspecto saludable, pero ese día parecía fatigada e intranquila.

—Lo siento —se disculpó Kerans—; en realidad, quizá me analizaba a mí mismo. El ultimátum de Riggs me sorprendió de veras. No esperaba que nos fuésemos tan pronto.

—Entonces, ¿te vas?

Kerans hizo una pausa. El cambiadiscos automático pasó de la *Pastoral* a la séptima de Beethoven, de Toscanini a Bruno Walter. Todo el día, sin interrupción, el aparato tocaba el ciclo completo de las nueve sinfonías. El sombrío motivo inicial de la séptima pareció imponerse sobre la indecisión de Kerans, que buscaba una respuesta, un cambio de humor.

—Pienso que quiero irme, pero no he encontrado un motivo adecuado todavía. Tiene que haber una razón más válida que la satisfacción de las propias necesidades emocionales. Quizá estas lagunas me recuerdan simplemente el mundo sumergido de mi infancia uterina. En ese caso, lo mejor sería marcharse de inmediato. Todo lo que dice Riggs es cierto. Hay pocas esperanzas de sobrevivir a las lluvias y a la malaria.

Tocó la frente de Beatrice, como si le tomara la temperatura a un niño.

—¿Qué ha querido decir Riggs con que no dormías bien? Es la segunda vez esta mañana que lo menciona.

Beatrice apartó un momento los ojos.

—Oh, nada. He tenido un par de pesadillas raras estos últimos días. Mucha gente las tiene. Olvida eso y responde sinceramente, Robert: si decido quedarme, ¿te quedarás tú también? Podrías vivir aquí conmigo.

Kerans sonrió.

—¿Tratas de tentarme, Bea? Qué pregunta. Recuérdalo, no solo eres la mujer más hermosa aquí, sino también la única, y tener con qué comparar es importante. Adán carecía de sentido estético, o habría comprendido que Eva era una criatura bastante tosca.

—Qué sincero estás hoy. —Beatrice se incorporó y se acercó al borde de la piscina. Se apartó hacia atrás con las dos manos el cabello que le caía sobre la frente, y el delgado cuerpo le brilló a la luz del sol—. Pero ¿es tan urgente como dice Riggs? Siempre podríamos marcharnos más adelante, en la lancha.

—Es una ruina. La primera tempestad la partiría en dos.

Cerca del mediodía el calor era excesivo en la terraza, de modo que entraron en el salón. Las persianas venecianas dobles filtraban los débiles rayos, y el aire refrigerado era fresco y agradable. Beatrice se tendió en un largo sofá azul claro, de piel de elefante, y estirando una mano jugueteó con los flecos de la alfombra. La residencia había sido un *pied à terre* de su abuelo, y el hogar de Beatrice desde que sus padres murieron, poco después de nacer ella. La había educado su abuelo, un millonario solitario y excéntrico (Kerans no había podido establecer el origen de esa fortuna, y cuando se lo había preguntado a Beatrice poco después de que él y Riggs conocieran aquellos fantásticos áticos, ella había respondido sucintamente:

«Digamos que tenía dinero»), y un reconocido mecenas en los años de su juventud. Había preferido, en concreto, lo experimental y lo extraño, y Kerans se preguntaba a menudo hasta qué punto la nieta había heredado esos peculiares intereses. Sobre la chimenea colgaba un cuadro enorme del surrealista Delvaux, pintado en las primeras décadas del siglo XX, y en el que unas mujeres de cara cenicienta bailaban desnudas hasta la cintura con unos esqueletos vestidos elegantemente de etiqueta, en un óseo paisaje espectral. En otra pared, una selva fantasmagórica de Max Ernst se devoraba a sí misma y se gritaba en silencio, como el sumidero de una subconciencia trastornada.

Kerans contempló un rato el aro amarillo del sol de Ernst, que resplandecía entre las plantas exóticas, con una curiosa sensación de reconocimiento. Mucho más poderosa que la música de Beethoven, la imagen del sol arcaico le ardía en la mente, iluminando las sombras huidizas que iban de un lado a otro, caprichosamente, en los abismos más profundos.

—Beatrice.

La muchacha miró cómo Kerans se acercaba a ella, y una leve sombra de preocupación le oscureció los ojos.

—¿Qué ocurre, Kerans?

Kerans titubeó, comprendiendo de pronto que, aunque breve e imperceptible, el instante transcurrido desde el momento anterior lo había llevado a un compromiso del que ya no podía retirarse.

—Supongo que te das cuenta de que, si Riggs se marcha sin nosotros, no nos iremos de aquí más tarde. Tendremos que quedarnos.

3

Hacia una nueva psicología

Kerans amarró el bote al atracadero, apagó el motor y fue por la pasarela hasta la base. Cuando abría la puerta de alambre, echó una ojeada a la laguna por encima del hombro y vislumbró entre las ondas de aire caliente la figura de Beatrice asomada a su balcón. La saludó con una mano, pero ella —y Kerans no se sorprendió— se dio la vuelta sin responder.

—¿Está la señorita de mal humor hoy, doctor? —El sargento Macready salió del puesto de guardia con una leve sonrisa que le distendía la cara de pajarraco—. Es un poco rara, ¿no es cierto?

Kerans se encogió de hombros.

—Estas muchachas tan solteras e independientes, ya sabe usted, sargento. Si uno no se cuida, nos hacen perder la cabeza. Le he dicho que debería hacer las maletas y venir con nosotros. Creo que, con un poco de suerte, podré convencerla.

Macready miró la terraza distante entornando los ojos.

—Me alegra oírle decir eso, doctor —dijo distraídamente, y no se pudo saber si dudaba de las intenciones de Beatrice o de las intenciones del doctor.

Kerans aún ignoraba si al final se quedarían o no, pero había decidido aparentar que se preparaban para irse. Necesitarían todos los minutos posibles de los tres días siguientes para acrecentar su reserva de provisiones y robar el material necesario de los almacenes de la base. Cuando se separaba de Beatrice, dudaba de nuevo (se preguntaba tristemente si ella trataba de confundirlo, como una Pandora de boca mortífera y una caja embrujada de deseos y frustraciones que se abría y cerraba en cualquier momento), pero, en vez de andar de un lado a otro en un estado de tortuosa incertidumbre que Riggs y Bodkin habrían diagnosticado muy pronto, había decidido retrasar la decisión final todo lo posible. Aunque aborrecía la base, sabía que el momento de la despedida sería un perfecto catalizador de emociones —de miedo y de pánico—, y que olvidaría en seguida los motivos más abstractos de su decisión.

Un año atrás lo habían abandonado accidentalmente en una isla mientras hacía unas mediciones geomagnéticas no programadas en el sótano de un viejo edificio. Los auriculares que llevaba puestos le habían impedido oír la sirena y, cuando salió diez minutos más tarde y descubrió que la base se había alejado seiscientos metros de la orilla, se sintió como un niño separado para siempre de su madre, y le costó dominar el pánico y disparar a tiempo una bengala de advertencia.

—El doctor Bodkin me pidió que lo llamara tan pronto como llegase, señor. El teniente Hardman no ha estado precisamente contento esta mañana.

Kerans asintió con un gesto, mirando a un lado y a otro de la cubierta vacía. Había almorzado con Beatrice, pues en las primeras horas de la tarde no quedaba nadie en la base. La mitad de la tripulación estaba fuera con Riggs o en el helicóptero, y el resto dormía en sus catres. Él había esperado poder hacer una visita privada a los almacenes y a la armería. Ahora, por desgracia, Macready, el perro guardián siempre alerta del coronel, lo seguía a todas partes, dispuesto a escoltarlo hasta la enfermería de la cubierta B.

Kerans examinó con atención un par de mosquitos anofeles que habían entrado con él por la puerta de alambre.

—¿Qué ha pasado con la doble tela que iba a poner usted? —le preguntó a Macready.

Sacudiendo la gorra en el aire para ahuyentar a los mosquitos, Macready miró alrededor, inseguro. Riggs había dicho varias veces que era necesario instalar otra tela de alambre, y en alguna ocasión le había ordenado a Macready que eligiese unos hombres para llevar a cabo el trabajo. Pero esto hubiese requerido la instalación de un andamio a la luz del sol, en el centro de una nube de mosquitos, y solo habían puesto unos pocos metros de tela alrededor de la cabina de Riggs. Ahora que se iban hacia el norte, el proyecto no parecía tan útil, pero la conciencia presbiteriana de Macready, una vez despertada, no admitía demoras.

—Haremos el trabajo esta tarde, doctor —le aseguró a Kerans, mientras sacaba del bolsillo del pantalón un bolígrafo y una libreta.

—No hay prisa, sargento, pero si no tiene otra cosa que hacer... Sé que el coronel ha insistido mucho.

Kerans se alejó por la cubierta y Macready se quedó mirando las escuadras de metal con los ojos entornados. Apenas hubo perdido de vista al sargento, Kerans entró por la primera puerta.

La cubierta C, el más bajo de la base, comprendía los camarotes y las salas de los tripulantes. Dos o tres hombres descansaban en las cabinas, pero la sala de recreo estaba desierta, y una radio sonaba en un rincón, sola, junto a la mesa de pimpón. Kerans se detuvo un momento y escuchó la música estridente de la guitarra, acompañada por el distante rugido del helicóptero que volaba sobre la laguna próxima. Luego descendió por la escalerilla central que llevaba a la armería y a los talleres.

Tres cuartos del casco los ocupaban los diésel de dos mil caballos que movían las dos hélices y los depósitos de aceite y de gasolina para el helicóptero. Los talleres los habían trasladado de forma temporal a dos oficinas vacías de la cubierta A, junto a los camarotes de los oficiales, para que los mecánicos pudieran auxiliar rápidamente el helicóptero.

Kerans entró en la armería. Una luz solitaria brillaba en la cabina de cristal del cabo técnico. Paseó la mirada por los pesados bancos de madera y los gabinetes donde se alineaban las carabinas y las ametralladoras. Unas barras de acero que atravesaban los seguros de los gatillos sostenían las armas en los gabinetes, y Kerans tocó las pesadas culatas, absorto, preguntándose si sería capaz de manejar esas armas en el caso de que robara una. En un cajón del laboratorio guardaba un Colt 45 y cincuenta proyectiles que le habían asignado tres años atrás. Una vez al año los hombres devolvían las balas utilizadas —ninguna en su caso— y cambiaban las demás por otras nuevas, pero él nunca había disparado el arma.

Examinó las cajas de municiones, de color verde oscuro, amontonadas contra la pared, bajo los gabinetes, todas ellas cerradas con doble candado. Pasaba junto a las cabinas cuando vio a la luz de la lámpara unos rótulos polvorientos en una fila de cajas metálicas, bajo los bancos de trabajo.

HY-DYNE. Kerans se detuvo, pasó la mano entre los alambres de la armazón, y sacó el polvo del rótulo siguiendo la fórmula con las puntas de los dedos. «Ciclotrimetilentrinitramina. Velocidad de expansión del gas: 8.000 metros por segundo.»

Imaginando los posibles usos del explosivo —sería todo un *tour de force* derribar un edificio de oficinas en el canal de salida después de que Riggs se fuese y boquear así, toda tentativa de regreso—, apoyó los codos en el banco, jugando distraídamente con una brújula de bronce estropeada de diez centímetros de diámetro. El anillo calibrado estaba suelto, y alguien lo había hecho rotar ciento ochenta grados, señalando el punto con una cruz de tiza.

Pensando aún en el explosivo y en la posibilidad de robar unos detonadores y una mecha, Kerans borró la marca de tiza y luego tomó la brújula y la sopesó en la mano. Dejó la armería y empezó a subir por la escalerilla, soltando la punta de la brújula, que bailó y flotó. Un marinero pasó por la cubierta y Kerans se metió rápidamente la brújula en el bolsillo de la chaqueta.

De pronto, mientras se imaginaba a sí mismo arrojándose con todo su peso contra el detonador de una bomba y lanzando a Riggs, la laguna y toda la base a la cercana laguna, se detuvo, apoyándose en la barandilla. Sonriendo tristemente, se preguntó por qué se había abandonado a esa fantasía absurda.

En seguida notó el pesado cilindro de la brújula que le abultaba el bolsillo. Lo miró durante un momento.

—Cuidado, Kerans —murmuró—. Estás viviendo en dos niveles.

Cinco minutos más tarde, cuando entró en la enfermería de la cubierta B, se encontró ante problemas más urgentes.

En ese momento atendían en la clínica a tres hombres con la piel ulcerada por el sol pero, en cambio, no había nadie en la sala principal de doce camas. Kerans saludó con un movimiento de cabeza al cabo que distribuía vendas con penicilina y atravesó la pequeña sala de guardia en el lado de estribor del puente.

La puerta estaba cerrada, pero cuando puso la mano en el picaporte alcanzó a oír un movimiento inquieto en el catre, seguido por unos murmullos malhumorados del paciente y la réplica firme de Bodkin, un monólogo uniforme puntuado por unos pocos gruñidos de protesta que concluyó en un fatigado silencio.

El teniente Hardman, primer piloto del helicóptero (la máquina estaba ahora a cargo del copiloto, el sargento Daley), era el otro oficial del destacamento, y hasta tres meses atrás había actuado como sustituto y ayudante de Riggs. Un hombre corpulento, inteligente, pero algo flemático, de unos treinta años de edad, había vivido siempre un poco apartado de los otros miembros de la base. Como naturalista aficionado, había tomado sus propias notas sobre los cambios de la flora y la fauna, de acuerdo con un sistema taxonómico de su propia invención. En uno de sus pocos arrebatos de espontaneidad le había mostrado las notas a Kerans, pero en seguida se encerró otra vez en sí mismo cuando este se permitió señalarle que la clasificación era un poco confusa.

Durante los primeros dos años, Hardman había sido un moderador perfecto entre Riggs y Kerans. El resto de la tripulación seguía el ejemplo del teniente, y desde el punto de vista de Kerans esto había sido ventajoso, pues a las órdenes de un oficial más extravertido los hombres se hubiesen sentido más felices y unidos como grupo, y la vida pronto hubiese sido insufrible. Las relaciones superficiales en la base, donde un sustituto era aceptado como un verdadero miembro de la tripulación a los cinco minutos, sin que a nadie le importara si había estado allí dos días o dos años, eran principalmente un reflejo del temperamento de Hardman. Cuando el teniente organizaba un partido de baloncesto o una regata en la laguna, los hombres no mostraban ninguna emoción, pero sí en cambio una lacónica indiferencia si alguien se negaba a participar.

Sin embargo, recientemente, en Hardman habían comenzado a predominar las características más sombrías de su personalidad. Dos meses atrás se había quejado ante Kerans de ataques de insomnio, y el médico lo había visto a menudo a la luz del alba, desde los aposentos de Beatrice Dahl: de pie en el tejado de la base, junto al helicóptero, el teniente miraba la laguna silenciosa. Poco después Hardman había invocado un ataque de malaria como excusa para no volar en el helicóptero. Recluido en su cabina, a veces una semana entera, se retiraba cada vez más a su mundo privado, hojeando sus notas y pasando los dedos como un ciego que lee un libro en braille a lo largo de las cajas de vidrio que guardaban unas pocas mariposas y polillas gigantes.

La enfermedad no fue de difícil diagnóstico. Kerans reconoció sus propios síntomas —una entrada acelerada en la «zona de tránsito»—, dejó en paz al teniente y le pidió a Bodkin que lo llamara de cuando en cuando.

Sin embargo, y curiosamente, Bodkin se había tomado más en serio la enfermedad de Hardman.

Kerans empujó la puerta, entró silenciosamente en el cuarto sombrío y se detuvo en el rincón, junto al conducto de ventilación, cuando Bodkin alzó una mano admonitoria. Las persianas estaban cerradas, y Kerans advirtió, sorprendido, que habían apagado el aire acondicionado. La temperatura del aire que entraba por los respiraderos nunca era inferior en más de cinco grados a la que había fuera, en la laguna, y el aire mantenía normalmente una temperatura uniforme de unos veinte grados. Pero Bodkin no solo había apagado el aire, sino que además había encendido una pequeña estufa eléctrica, utilizando el enchufe de la máquina de afeitar instalado sobre el espejo del lavabo. Kerans recordó que el mismo Bodkin había fabricado la estufa en el laboratorio, con un espejo parabólico y una resistencia. Aunque no tenía más de dos vatios, la estufa parecía emitir un calor inmenso, que inundaba el cuarto en vaharadas, como la boca de un horno, y a los pocos segundos Kerans sintió que el sudor le empapaba el cuello. Bodkin, de espaldas a la estufa, sentado en una silla de metal al lado de la cama, tenía puesta aún la chaqueta blanca de algodón. Dos islas oscuras manchaban la tela, uniéndose en los omoplatos, y el sudor le corría por la frente como gotas de plomo fundido que brillaban a la pálida luz rojiza.

Hardman yacía apoyado en un codo, con una almohada bajo la ancha espalda, y con las manazas se sujetaba unos auriculares a las orejas. La cara, estrecha y larga, apuntaba hacia Kerans, pero el espejo parabólico, un disco de brillante luz roja, de un metro de diámetro, cubría la pared de la cabina, alrededor de la cabeza de Hardman, como una enorme aureola incandescente.

Desde el suelo, a los pies de Bodkin, un tocadiscos emitía un débil chillido. Kerans alcanzó a oír unos sonidos casi imperceptibles, generados mecánicamente por el cabezal: un tamborileo grave y lento. Al fin el disco terminó y Bodkin paró el gramófono. Escribió algo rápidamente en un cuaderno de notas y luego desenchufó la estufa y encendió la lámpara de la mesa de noche.

Meneando la cabeza con lentitud, Hardman se quitó los auriculares y se los tendió a Bodkin.

—Perdemos el tiempo, doctor —dijo, acomodando los pesados miembros en la cucheta—. Estos discos son un disparate, uno puede interpretar cualquier cosa.

A pesar del calor, la cara y el pecho desnudo de Hardman estaban apenas sudados. Miró el filamento de la estufa casi como si lamentase que se apagara.

Bodkin se incorporó y puso el tocadiscos sobre la silla de metal, junto con los auriculares.

—Quizá sea esa la cuestión, teniente... Algo así como un test de Rorschach auditivo. Pienso que el último disco era el más evocador, ¿no le parece?

Hardman se encogió de hombros, con deliberada indiferencia, resistiéndose evidentemente a cooperar con Bodkin y admitir algo. Pero a Kerans le pareció que el teniente había aceptado de buena gana el experimento, quizá con el propósito de utilizarlo para sus propios fines.

—Puede ser —gruñó Hardman—. Pero me temo que no me ha sugerido ninguna imagen concreta.

Bodkin sonrió, como si aceptara momentáneamente la resistencia de Hardman.

—No se disculpe, teniente, y créame, esta ha sido hasta ahora la sesión más provechosa. —Le hizo una seña a Kerans—. Adelante, Robert. Perdón por el calor. El teniente y yo hemos estado haciendo un pequeño experimento. Te lo explicaré mientras vamos al laboratorio. Bueno. —Señaló un aparato en la mesa de noche, dos relojes despertadores unidos por la parte de atrás y con unas toscas prolongaciones metálicas en las manecillas que se entrecruzaban como las patas de dos arañas abrazadas—. Hágalo funcionar mientras pueda, no será muy difícil, bastará que le dé cuerda a las dos campanillas en intervalos de menos de doce horas. Lo despertarán cada diez minutos, lo que le permitirá descansar antes de que deje el nivel preconsciente y se sumerja en el sueño profundo. Con un poco de suerte, no tendrá más sueños.

Hardman sonrió escéptico, echando una ojeada a Kerans.

—Me parece que es usted demasiado optimista, doctor Kerans. Quiere decir que no recordaré haber soñado.

—Tomó un cuaderno verde manoseado, su diario botánico, y se puso a pasar las hojas mecánicamente—. A veces pienso que los sueños son continuos y que se prolongan a lo largo del día. Quizá a todos nos pasa lo mismo.

Hardman hablaba con una voz tranquila, descansada, a pesar de que la fatiga le había arrugado la piel alrededor de los ojos y la boca parecía haberle alargado la mandíbula. Kerans comprendió que la enfermedad, cualquiera que fuese su origen, apenas había tocado el más profundo centro del ego del hombre. La autosuficiencia característica de Hardman era más fuerte que nunca, más fuerte que ninguna otra cosa, como una espada de acero que golpea un poste y revela las vetas de la madera.

Bodkin se pasó por la cara un pañuelo amarillo de seda, mirando a Hardman pensativamente. La chaqueta de algodón manchada y las ropas desarregladas, junto con la piel blanda, teñida por la quinina, le daban un aspecto de curandero charlatán, enmascarando una aguda e inquieta inteligencia.

—Quizá tenga razón, teniente. En realidad, algunos afirman que la conciencia no es más que una categoría del sistema nervioso central que se desarrolla y se manifiesta tan plenamente en los sueños como en el llamado estado de vigilia. Pero aquí tenemos que adoptar una actitud empírica, probar todos los remedios. ¿No estás de acuerdo, Robert?

Kerans asintió, respirando ahora más libremente. La temperatura de la cabina estaba descendiendo.

—Un cambio de clima ayudará también. —Se oyó un golpe sordo afuera. El lanchón de metal había chocado con el casco mientras lo izaban a bordo—. La atmósfera en estas lagunas es muy enervante. Cuando nos vayamos dentro de tres días, todos nos sentiremos mejor.

Daba por hecho que Hardman estaba ya al corriente de la próxima partida, pero el teniente alzó bruscamente los ojos, dejando el cuaderno de notas. Bodkin carraspeó y se puso a hablar de los conductos de ventilación y del peligro de las corrientes de aire. Durante unos segundos, Kerans y Hardman se miraron en silencio, y al fin el teniente asintió con un breve movimiento de cabeza y volvió a su lectura, anotando cuidadosamente la hora que señalaban los despertadores.

Enfadado consigo mismo, Kerans se acercó a la ventana dando la espalda a los otros. Reconocía ahora que había hablado deliberadamente, esperando provocar esta misma respuesta, y sabiendo muy bien por qué Bodkin había mantenido la noticia en secreto. Era indudable que había tratado de prevenir a Hardman, diciéndole que cualesquiera que fuesen los trabajos que deseaba llevar a cabo y los planes que pretendía ejecutar, solo le quedaban tres días.

Miró con irritación los despertadores sobre la mesa de noche, sintiendo que a veces no conocía bien los motivos de sus propios actos. Primero el robo sin sentido de la brújula, ahora este sabotaje gratuito. Había cometido sin duda muchas faltas, pero hasta ese momento había pensado que podía perdonárselas amparándose en una cualidad que sí tenía: una conciencia completa y objetiva de los motivos que guiaban sus actos. Si a veces se retrasaba en algo, no era por irresolución, sino porque se negaba actuar conducido por impulsos. Era un ejemplo de ello su relación con Beatrice Dahl que, desequilibrada por tantas pasiones en conflicto, avanzaba día a día por una larga cuerda floja de precauciones y autocontrol.

En un tardío intento de reconciliarse consigo mismo, le dijo a Hardman:

—No olvide los relojes, teniente. Si yo fuera usted, haría sonar la alarma continuamente.

Dejaron la enfermería, bajaron al muelle y pasaron a la lancha de Kerans. Demasiado cansado para poner el motor fueraborda, Kerans hizo avanzar la lancha tirando del cable que unía la base al laboratorio. Bodkin se sentó a proa con el tocadiscos en las rodillas, como si fuese una maleta, parpadeando a la brillante luz del sol que centelleaba en la superficie rota del agua sucia y verde. Tenía una expresión de preocupación y ansiedad, y volvía hacia el círculo de edificios semisumergidos la cara regordeta, coronada por un revuelto mechón de pelo gris, como el fatigado contramaestre que atraviesa las aguas de un puerto por milésima vez. Cuando ya estaban cerca del laboratorio, el helicóptero descendió rugiendo al techo de la base. La nave se inclinó, y la amarra se hundió en el agua, para estirarse luego otra vez y salpicar las espaldas de los hombres. Bodkin protestó entre dientes, pero el calor los secó en seguida. Aunque eran ya las cuatro de la tarde, el sol llenaba el cielo, transformándolo en un enorme brasero y obligando a los hombres a mirar el agua. De cuando en cuando, las paredes de vidrio de los edificios reflejaban innumerables imágenes del sol, que se movían sobre vastas sábanas de llamas como brillantes ojos de insectos gigantescos.

El laboratorio, un cilindro de dos pisos de quince metros de diámetro, pesaba veinte toneladas. Se encontraba en la cubierta inferior, y en la superior las habitaciones de los biólogos, el cuarto de los mapas y las oficinas. En el techo, un pequeño pañol contenía los medidores de temperatura y humedad, el pluviómetro y los contadores de radiación. Trozos de algas y lianas secas habían quedado incrustados en las planchas bituminosas del pontón. El sol había quemado y reducido las plantas antes de que alcanzaran la borda. La lancha de Kerans llegó al laboratorio y chocó con la balsa estrecha y húmeda del embarcadero, cubierto de sargazos y espirogiras que amortiguaron el golpe.

Los dos hombres entraron en la oscuridad fresca del laboratorio y se sentaron a las mesas, bajo el semicírculo de los programas de trabajo, unas hojas descoloridas que subían por las paredes oblicuas, sobre los bancos y los armarios, como un mural polvoriento. Las hojas de la izquierda, del primer año, estaban cubiertas de notas, subrayados y acotaciones al margen, pero a medida que se avanzaba a la derecha los apuntes disminuían cada vez más, y las últimas eran ya casi hojas en blanco con unas pocas palabras escritas a lápiz. Muchas de estas hojas se habían desprendido en parte y colgaban verticalmente como las planchas sueltas de una nave abandonada, atracada a un muelle terminal, y cubierta de dibujos gnómicos y sin significado.

Kerans trazó ociosamente con el dedo un semicírculo en la superficie polvorienta de la mesa y esperó a que Bodkin empezara a explicarle aquellos curiosos experimentos con Hardman. Pero Bodkin, cómodamente instalado detrás de las cajas apiladas en su escritorio, había abierto el reproductor, había sacado el disco y ahora lo hacía girar pensativamente entre los dedos.

—Lamento haber dicho que nos íbamos —le dijo Kerans—. No sabía que se lo habías ocultado a Hardman.

Bodkin se encogió de hombros, quitando importancia al hecho.

—Es una situación compleja, Robert. Habíamos adelantado unos pasos y yo no quería ser otro escollo.

—Pero ¿por qué no decirle la verdad? —insistió Kerans, esperando poder librarse indirectamente del peso de su propia culpa—. ¿No es probable acaso que la perspectiva de irse lo saque de ese letargo?

Bodkin se bajó las gafas hasta la punta de la nariz y miró interrogativamente a Kerans.

—No parece haber tenido ese efecto en ti, Robert. Puede ser que me equivoque, pero no pareces muy afectado. ¿Por qué la reacción de Hardman debería ser diferente?

Kerans sonrió.

—*Touché*, Alan. No quiero interferir, y menos ahora que he arrojado a Hardman a tus brazos, pero ¿qué juego era el vuestro? ¿Para qué esos relojes y esa estufa?

Bodkin se volvió hacia el estante de la pared y metió el disco en una pila de discos pequeños. Alzó la cara hacia Kerans y durante un rato lo miró con los ojos dulces pero penetrantes con que había mirado a Hardman. Kerans comprendió que su relación con Bodkin —hasta hacía poco la de dos colegas que se tienen mutua confianza— se parecía más ahora a la de un observador y su objeto de estudio. Al fin Bodkin apartó los ojos y miró las hojas en las paredes. Kerans ahogó una carcajada. «Viejo condenado —se dijo—, me tienes ahora aquí entre las algas y los nautiloides, y pronto me harás escuchar tus discos.»

Bodkin se incorporó y señaló con una mano las tres hileras de bancos donde se amontonaban las peceras y los viveros minúsculos, cada uno con su hoja de notas.

—Dime, Robert: si tuvieses que resumir el trabajo de los tres últimos años en una sola frase, ¿cómo lo dirías?

Kerans titubeó y en seguida movió la mano displicentemente.

—No sería demasiado difícil. —Vio que Bodkin esperaba una respuesta seria y reordenó sus pensamientos. Bueno, se podría decir que, en respuesta a los aumentos de temperatura, humedad y radiación, la flora y la fauna de este planeta están retomando las formas que tuvieron una vez, cuando las condiciones eran parecidas, es decir, en el Triásico.

—Correcto. —Bodkin avanzó entre los bancos—. Durante los tres últimos años, Robert, tú y yo hemos examinado unas cinco mil especies del reino animal y hemos visto decenas de miles de nuevas variedades de plantas. En todos los casos se ha dado el mismo retroceso hacia el pasado, de modo que las pocas criaturas complejas que han logrado sobrevivir sin cambios parecen seres particularmente anómalos: unos pocos anfibios, los pájaros, y el hombre. Es curioso que hayamos estudiado cuidadosamente esta evolución inversa de tantas plantas y animales, ignorando al mismo tiempo a la criatura más importante del planeta.

Kerans se rio.

—Tienes algo de razón, Alan, lo reconozco, pero ¿qué

sugieres? ¿Que el *Homo sapiens* está a punto de transformarse en el cromañón y el hombre de Java, y que al fin llegará a ser el *Sinanthropus*? No me parece verosímil. ¿No sería un lamarckismo al revés?

—De acuerdo. No es eso lo que sugiero. —Bodkin se apoyó en un banco y le dio un puñado de cacahuetes a un tití enjaulado—. Aunque, obviamente, después de doscientos o trescientos millones de años el *Homo sapiens* podría acabar extinguiéndose, y este primito nuestro quizá se convierta entonces en la forma superior de vida en el planeta. Sin embargo, un proceso biológico no es completamente reversible. —Se sacó el pañuelo de seda del bolsillo y lo sacudió ante el tití, que retrocedió temerosamente—. Si volvemos a la jungla, nos vestiremos para cenar.

Se acercó a una ventana y miró por la tela de alambre. El techo de la cubierta superior no dejaba pasar más que una franja de luz brillante. La laguna parecía una pared vertical. Unos palios de vapor se movían sobre el agua como espectros elefantiásicos.

—Pero es otra cosa lo que me preocupa. ¿Solo cambia el paisaje exterior? Cuántas veces, casi todos nosotros, hemos creído tener un *déjà vu*, hemos pensado que hemos visto todo esto antes, en verdad, que recordamos demasiado bien estos pantanos y lagunas. Los recuerdos biológicos son casi siempre desagradables, ecos de peligros y terrores. Nada dura tanto como el miedo. Hoy, en la naturaleza, se ven en todas partes ejemplos de mecanismos liberadores innatos que han estado dormidos durante miles de generaciones, pero han conservado todo su poder. El ejemplo clásico es el miedo atávico que siente el ratón de campo por la silueta del gavilán: basta mostrarle una figura de papel de este animal para que se precipite a esconderse. ¿Y de qué otro modo puedes explicar la repugnancia universal y completamente injustificada que inspiran las arañas, aunque solo hay constancia de una especie que pique a sus víctimas? ¿Y el odio que sentimos por las serpientes y reptiles? Es también sorprendente, pues estos animales no son muy comunes. Y todo ello porque albergamos un recuerdo oculto del tiempo en que las picaduras de las arañas gigantes eran mortales y los reptiles dominaban el planeta.

Kerans sintió el peso de la brújula en el bolsillo y dijo:

—¿Te preocupa entonces que un aumento de la temperatura y las radiaciones despierten recuerdos similares en nuestras mentes?

—No en nuestras mentes, Robert. Estos son los recuerdos más antiguos de la Tierra, los códigos de tiempo que llevamos en los genes y en los cromosomas. Todo paso hacia delante en el camino de la evolución es una piedra miliar de recuerdos orgánicos. Desde las enzimas que gobiernan el ciclo del anhídrido carbónico hasta la organización del plexo braquial y de los haces nerviosos de las células piramidales del cerebro medio, todo es un registro de mil decisiones tomadas ante una crisis fisicoquímica repentina. Del mismo modo en que el psicoanálisis reconstruye la situación traumática original para liberar el material reprimido, así se nos arroja ahora al pasado arqueopsíquico, donde descubrimos los antiguos tabúes e impulsos, adormecidos durante tantos milenios. No nos dejemos engañar por la brevedad de la vida del individuo. Somos tan antiguos como lo es el reino biológico, y nuestras corrientes sanguíneas son ríos que desembocan en el vasto océano de la memoria de ese reino. La odisea uterina del feto recapitula todo el pasado evolutivo, y su sistema nervioso central es una escala de tiempo cifrada. Todo nexo de neuronas y todo nivel espinal son una etapa simbólica, una unidad de tiempo neurónico.

»Cuanto más desciendes en el sistema nervioso, desde el cerebro a la médula, más desciendes también en el pasado neurónico. Por ejemplo, la unión entre las vértebras torácicas y lumbares, entre la duodécima del tórax y la primera lumbar, es la gran zona de tránsito entre los peces que respiran agua y los anfibios que respiran aire y desarrollan una caja respiratoria, el punto en que nos encontramos ahora, en las orillas mismas de esta laguna, entre la era paleozoica y la era triásica.

Bodkin regresó a su escritorio y pasó la mano por la pila de discos. Mientras escuchaba distraídamente la voz serena y pausada de Bodkin, Kerans imaginó que esos discos negros y paralelos podían ser muy bien el modelo de una columna vertebral neurofónica. Recordó el débil tamborileo que había oído antes en el tocadiscos de Hardman, y los raros murmullos que lo acompañaban. Las divagaciones de Bodkin quizá no estaban muy lejos de la verdad.

—Si quieres —continuó Bodkin—, llama a esto la psicología de las equivalencias totales, la ciencia «neurónica», y hazla a un lado como una fantasía metabiológica. No obstante, opino que a medida que retrocedemos en el tiempo geofísico nos internamos más profundamente en el corredor amniótico, retrocediendo también en el tiempo espinal y arqueopsíquico y, sin ser conscientes de ello, rememoramos los paisajes de las distintas épocas, cada una con su propio terreno geológico, su flora y su fauna únicas, tan reconocibles como si lo viésemos todo desde la máquina del tiempo de Wells. Pero esto no es un viaje en ferrocarril, sino una total reorientación de la personalidad. Si permitimos que esos fantasmas desenterrados nos dominen, la marea nos arrastrará sin remedio como a los restos de un naufragio. —Tomó un disco de la pila, titubeó y lo puso otra vez en su sitio—. Esta tarde he corrido un riesgo con Hardman, recurriendo a la estufa para simular el sol y elevar la temperatura hasta los cincuenta grados, pero valía la pena. Durante estas tres semanas los sueños han estado a punto de volverle loco, pero en los últimos días ha estado más tranquilo, casi como si aceptase esos sueños y se permitiese retroceder sin intervención de la conciencia. Es necesario que se mantenga despierto todo lo posible. Para eso están los despertadores.

—Si no se olvida de darles cuerda —comentó Kerans, con serenidad.

Afuera, en la laguna, sonó el zumbido de la barcaza de Riggs. Kerans estiró las piernas, fue hasta la ventana y observó la embarcación, que trazaba un semicírculo en el agua, acercándose a la base. Mientras la amarraban al embarcadero, Riggs conversó con Macready, que miraba desde la pasarela. El coronel señaló varias veces el laboratorio con su porra, y Kerans pensó que estaban preparándose para remolcarlos hasta la base. Pero por alguna razón, la idea de la inminente partida no le preocupaba en ese momento. Las especulaciones de Bodkin, aunque confusas, y su nueva psicología neurónica explicaban de un modo bastante satisfactorio esas metamorfosis mentales que él, Kerans, había advertido en sí mismo. La tácita presunción del Consejo de las Naciones Unidas, según la cual la vida continuaría como antes en los límites de los círculos ártico y antártico, con las mismas relaciones sociales y domésticas, con las mismas ambiciones y satisfacciones, era obviamente falsa, como se comprobaría cuando la temperatura y el nivel del agua aumentaran también en los supuestos reductos polares. Había una tarea más importante que la de trazar mapas de las lagunas y los paisajes exteriores: descubrir los deltas espectrales y las playas luminosas de los continentes neurónicos sumergidos.

—Alan —le llamó por encima del hombro sin dejar de mirar a Riggs, que subía al embarcadero—, ¿por qué no envías un informe a Byrd? Me parece que ellos tendrían que saberlo. Siempre hay alguna posibilidad...

Pero Bodkin se había ido. Kerans oyó los pasos del biólogo, que subían lentamente por la escalera y se perdían arriba. Eran los pasos fatigados de un hombre demasiado viejo y experimentado a quien ya no podía importarle si los otros escuchaban o no sus advertencias.

Kerans volvió a su mesa y se sentó. Sacó la brújula del bolsillo de la chaqueta y la puso frente a él, sosteniéndola entre las manos. Oía los sonidos amortiguados del laboratorio como una música de fondo: los movimientos del tití, el tictac de un medidor en alguna parte, el chirrido de un mecanismo giratorio que medía el fototropismo de una enredadera.

Examinó la brújula, con aire distraído, moviendo suavemente el cuadrante de suspensión neumática y alineando luego la escala y la aguja. No sabía aún por qué la había traído de la armería. Se solía emplear en una de las lanchas de motor. Alguien descubriría muy pronto que había desaparecido, y entonces él tendría que humillarse y admitir el robo.

Tomó la brújula e hizo girar la aguja hacia él, sin advertir que se perdía en un ensueño momentáneo, los ojos clavados en el borne serpentino señalado por la aguja, en la imagen confusa, incierta, pero poderosa, que se resumía en el concepto «sur», con toda su magia dormida y su energía mesmérica, y que parecía irradiar del tazón de bronce que tenía en las manos como los intensos vapores de un cáliz espectral.

4

El paso del sol

Al día siguiente, el teniente Hardman desapareció por motivos que Kerans no entendería del todo hasta mucho más tarde.

Kerans durmió profundamente esa noche, sin sueños, se levantó temprano y a las siete ya había desayunado. Luego pasó una hora en el balcón, sentado en una silla de playa, vestido con un bañador blanco, a la luz del sol que se extendía sobre el agua y le bañaba el cuerpo esbelto de color ébano. Arriba, el cielo era brillante y jaspeado, y el tazón oscuro de la laguna parecía, en cambio, inmóvil e infinitamente profundo, como un inmenso pozo de ámbar. Los edificios cubiertos de árboles que se alzaban en las orillas parecían tener millones de años, como si un enorme cataclismo natural los hubiera arrancado al magma terrestre, embalsamados en vastas dimensiones de tiempo.

Deteniéndose junto al escritorio y pasando los dedos por la brújula de bronce, que brillaba en la oscuridad,

Kerans entró en la alcoba y se puso el uniforme caqui, una concesión mínima a los preparativos de partida de Riggs. La ropa deportiva italiana estaba ahora un poco fuera de lugar, y si se presentaba con un conjunto color pastel apropiado para el Ritz despertaría, sin duda, las sospechas del coronel.

Aunque había aceptado la posibilidad de quedarse, Kerans se resistía a tomar precauciones sistemáticas. Además de provisiones de comida y combustible —en los últimos seis meses había dependido en este aspecto de la generosidad del coronel Riggs—, necesitaba también una serie infinita de piezas de repuesto, desde otro cuadrante para el reloj hasta una nueva instalación eléctrica en el hotel. Cuando la base partiera, pronto se encontraría abrumado por una creciente sucesión de problemas menudos, y sin ningún técnico complaciente que pudiera resolverlos.

Para comodidad de los encargados de la despensa, y para ahorrarse viajes innecesarios a la base y desde la base, Kerans había acumulado en el hotel la comida de todo un mes. La mayor parte era leche condensada y latas de carne en conserva, prácticamente incomible si no era acompañada por las golosinas que Beatrice guardaba en el frigorífico: amplias reservas de picadillo de hígado y fiambres con las que Kerans contaba para poder subsistir, por lo menos durante tres meses. Luego tendrían que vivir de los productos de la tierra e introducir en el menú hojas de árbol y filetes de iguana.

El combustible era un problema más grave. Los tanques de petróleo del Ritz contenían poco más de dos mil litros, que alcanzaban para que el aparato de la refrigeración funcionara durante dos meses. Clausurando el dormitorio y el cuarto de vestir y viviendo solo en la sala, y aumentando además la temperatura ambiente hasta los treinta grados, el combustible duraría el doble, con un poco de suerte, pero una vez que los tanques se vaciaran habría pocas posibilidades de llenarlos otra vez. Los tanques de reserva y los depósitos de los edificios desentrañados que rodeaban las lagunas habían quedado vacíos hacía tiempo con las olas de refugiados que habían pasado por allí hacia el norte durante los últimos treinta años en lanchas y yates. El tanque del motor fueraborda tenía una capacidad de diez litros, suficiente para recorrer treinta kilómetros o un viaje de ida y vuelta diario y durante un mes entre el Ritz y la laguna de Beatrice.

Por alguna razón, sin embargo, este robinsonismo invertido —un naufragio deliberado sin el auxilio de un cofre bien provisto en el arrecife adecuado— no preocupaba mucho a Kerans. Salió de la suite del hotel, dejando el termostato en los acostumbrados veinticinco grados, sin detenerse a pensar en el combustible que consumiría el generador, y resistiéndose a anticiparse a las dificultades que encontraría tras la partida de Riggs. Al principio pensó que esto reflejaba la convicción inconsciente de que al fin se dejaría guiar por el buen sentido, pero mientras ponía en marcha el motor fueraborda, y navegaba con la lancha por las frescas aguas oleosas hacia el arroyo y la laguna cercana, comprendió que esa indiferencia era parte característica de la decisión de quedarse. De acuerdo con el lenguaje simbólico del esquema de Bodkin, estaba abandonando la estimación convencional del tiempo en relación con sus propias necesidades físicas, entrando a la vez en un mundo de tiempo neurónico total, en una existencia calibrada por los colosales intervalos de la escala temporal geológica. Aquí un millón de años era la unidad de medida más corta, y los problemas de la ropa y la comida eran tan impertinentes como podían haberlo sido para un budista contemplativo sentado en la posición de loto ante un tazón de arroz vacío, bajo el palio protector de la cobra de un millón de cabezas, símbolo de la eternidad.

Al entrar en la tercera laguna, con un remo levantado para apartar las hojas de tres metros de un helecho gigantesco que hundía las ramas en la boca del arroyo, advirtió sin emoción que una patrulla de hombres, a las órdenes del sargento Macready, había levado las anclas de la nave laboratorio, que remolcaban lentamente hacia la base. Bajo el gigantesco paraguas de hojas, y al igual que un observador entre bastidores cuyo pequeño papel en la obra había terminado, Kerans contempló desde la proa de la lancha la distancia entre los dos barcos cerrarse al fin como el espacio entre dos telones al concluir una obra de teatro.

No quiso atraer la atención encendiendo de nuevo el motor y salió a la luz. Las hojas gigantescas se hundieron otra vez en la jalea verde del agua, y Kerans remó lentamente cerca de la orilla hacia el edificio de Beatrice. De cuando en cuando el helicóptero rugía sobre la laguna, y las olas que se levantaban al paso del barco laboratorio golpeaba los flancos de la lancha y entraban por las ventanas abiertas de la derecha, rompiendo en las paredes de los cuartos. La embarcación de Beatrice crujía plañideramente, amarrada al muelle. La cabina estaba inundada y la popa se hundía bajo el peso de los dos motores Chrysler. Tarde o temprano una de las tormentas térmicas caería sobre la embarcación y la anclaría para siempre en una calle sumergida, a treinta metros de profundidad.

Cuando salió del ascensor no había nadie en el patio de la piscina, y los vasos de la noche pasada estaban aún en la bandeja, entre las sillas de playa. La luz del sol llenaba ya la piscina, iluminando los caballitos de mar amarillos y los tridentes azules que decoraban el fondo. Unos pocos murciélagos colgaban en las sombras bajo el alero, sobre la ventana del dormitorio de Beatrice, pero cuando Kerans se sentó volaron alejándose como vampiros espectrales a la luz del alba.

Entre las aberturas de las persianas, Kerans alcanzó a ver a Beatrice, que se movía de un lado a otro en silencio, y cinco minutos más tarde la muchacha entraba en la sala con una toalla negra alrededor del torso. La penumbra del extremo del cuarto la ocultaba en parte y parecía cansada y abstraída. Saludó a Kerans alzando una mano con desgana, se preparó una bebida con un codo apoyado en el bar, mirando inexpresivamente uno de los cuadros de Delvaux, y regresó al dormitorio.

Al cabo de un rato, Kerans se incorporó y fue a buscarla. Cuando apartó las puertas de cristal el aire caliente atrapado en el cuarto le golpeó la cara como una vaharada de vapor. Durante el mes último el generador había fallado varias veces, y la temperatura no había bajado de los treinta grados, lo que era probablemente la causa principal del letargo y el desánimo de Beatrice.

Cuando Kerans entró, Beatrice estaba sentada en la cama, con el vaso de *whisky* apoyado en las rodillas desnudas. El aire denso y caliente del cuarto le recordó a Kerans la cabina de Hardman durante la experiencia que

Bodkin había llevado a cabo. Se acercó al termostato de la mesa de noche y bajó el indicador de los veinte a los quince grados.

—Está roto otra vez —informó Beatrice—. El motor se paraba continuamente.

Kerans trató de quitarle el vaso de *whisky*, pero la muchacha apartó la mano.

—Déjame sola, por favor, Robert —le dijo con voz cansada—. Sé que soy una borracha, una perdida, pero me pasé la noche en las junglas del tiempo y no quiero oír un sermón.

Kerans la miró de cerca, sonriendo para sí con afecto y tristeza a la vez.

—Veré si puedo arreglar el motor. Este dormitorio huele como si hubiese dormido aquí todo un batallón de presidiarios. Date una ducha, Bea, y trata de animarte. Riggs se va mañana y tenemos que estar bien despiertos. ¿Dices que has tenido pesadillas?

Beatrice se encogió de hombros.

—Sueños de la jungla, Robert —murmuró ambiguamente—. Estoy aprendiendo otra vez el abecedario. —Miró a Kerans con una sonrisa inexpresiva y en seguida añadió, en un tono de humor malicioso—: No te pongas tan serio, pronto tendrás esas pesadillas también.

—Espero que no. —Beatrice se llevó el vaso a los labios y Kerans la miró con una expresión de desagrado—. Y deja eso. Quizá los desayunos de *whisky* sean una vieja costumbre escocesa, pero destrozan el hígado.

Beatrice lo apartó con un ademán.

—Ya lo sé. El alcohol mata lentamente, pero no tengo prisa. Vete, Robert.

Kerans dio media vuelta y salió. Bajó por la escalera de la cocina hasta el cuarto de los baúles, buscó una linterna en el armario de las herramientas y se puso a trabajar en el generador.

Media hora más tarde, cuando se asomó otra vez al patio, Beatrice parecía haber salido de su embotamiento y estaba pintándose las uñas con esmalte azul cuidadosamente.

—Hola, Robert, ¿estás de mejor humor?

Kerans se sentó en el suelo de azulejos, quitándose las últimas manchas de grasa de las manos. Pellizcó brevemente la pantorrilla de Beatrice y dobló la cabeza esquivando el talón vengador.

—He arreglado el generador, con un poco de suerte ya no tendrás dificultades. Tiene gracia, el mecanismo regulador del motor de dos tiempos estaba estropeado. Marchaba hacia atrás.

Iba a explicar la gracia del chiste cuando una sirena gritó en la laguna. En la base se alzaron los sonidos de una actividad repentina: unos motores gimieron y se pusieron en marcha, las grúas bramaron mientras botaban al agua las dos lanchas de motor de reserva. Hubo una confusión de gritos y pies golpeando las pasarelas.

Kerans se incorporó y corrió alrededor de la piscina hacia el balcón.

—No se irán hoy, ¿verdad? Riggs es bastante inteligente como para tratar de cogernos desprevenidos.

Junto con Beatrice, que se sujetaba la toalla frente a los pechos, miraron la base. Toda la tripulación estaba en movimiento, y la barcaza y las dos lanchas agitaban el agua y se adelantaban unas a otras alrededor del pontón. Las palas inclinadas del helicóptero giraban lentamente, mientras Riggs y Macready se preparaban para subir a bordo. Los otros hombres se alineaban en el muelle esperando a que las lanchas atracaran. Hasta Bodkin había dejado su cabina y estaba de pie en el puente del laboratorio, con el pecho desnudo, gritándole a Riggs.

De pronto Macready descubrió a Kerans en el balcón. Le habló al coronel, que tomó un megáfono eléctrico y se adelantó unos pasos por la terraza.

—¡Ke-rans! ¡Doc-tor Ke-rans!

Las sílabas, monstruosamente amplificadas, retumbaron entre los techos y resonaron en las cortinas de aluminio de las ventanas. Kerans se llevó las manos a los oídos tratando de entender lo que gritaba el coronel, pero las palabras se perdieron en el rugido creciente del helicóptero. Luego Riggs y Macready subieron a la cabina del aparato, y el piloto se puso a transmitir señales luminosas a Kerans.

Kerans tradujo las señales en morse y en seguida dejó rápidamente el balcón y empezó a llevar las sillas de lona a la sala.

—Vienen a buscarme —le dijo a Beatrice mientras el helicóptero dejaba su pedestal y volaba al bies sobre la laguna—. Será mejor que te vistas o que te ocultes. La corriente de las palas te arrancará esa toalla como si fuese papel de seda, y Riggs ya está bastante perturbado.

Beatrice lo ayudó a recoger el toldo y entró en el salón mientras la sombra temblorosa del helicóptero cubría el patio y una corriente de aire descendente les abanicaba los hombros.

—Pero ¿qué ha ocurrido, Robert? ¿Por qué Riggs está tan excitado?

Kerans se llevó las manos a las orejas para no oír el rugido del motor y se quedó mirando las lagunas de orillas verdes que se alargaban hasta el horizonte, sintiendo que la boca se le torcía de pronto en un espasmo de ansiedad.

—No está excitado, sino terriblemente preocupado. Todo se le derrumba alrededor. El teniente Hardman ha desaparecido.

La jungla se extendía bajo el helicóptero como una llaga inmensa y pútrida. Los follajes gigantescos de las gimnospermas se amontonaban a lo largo de los techos de los edificios sumergidos, redondeando los contornos, rectangulares y blancos. De cuando en cuando un tanque de cemento se alzaba en la marisma, o los restos de un muelle flotaban aún junto a un rascacielos en ruinas, cubierto de acacias plumosas y tamariscos en flor. Los arroyos estrechos, que las copas de los árboles transformaban en galerías verdes, se alejaban serpeando de las lagunas mayores, uniéndose en algún momento a los canales de seiscientos metros de ancho que se abrían más allá de los primitivos suburbios. El barro irrumpía en todas partes, acumulándose en bancos enormes contra un puente ferroviario o una calle de edificios de oficinas, escurriéndose bajo una arcada sumergida como las masas fétidas de una anacrónica cloaca. El cieno cubría muchas lagunas menores, que eran ahora discos amarillos de lodo musgoso, donde asomaban, entrecruzándose profusamente y luchando unas con otras numerosas formas vegetales, como los jardines cercados de un atormentado edén terrenal.

Un cinturón de nailon sujetaba firmemente a Kerans, que observaba el paisaje y las vías de agua que se desplegaban desde las tres lagunas centrales. Allí abajo, a ciento cincuenta metros, corría la sombra del helicóptero, sobre la sombra verde y moteada del agua. Kerans examinó las áreas del alrededor. Una inmensa profusión de vida animal llenaba los arroyos y canales: serpientes de agua que se enroscaban entre los apretados tallos de los bambúes, colonias de murciélagos que salían de pronto de los túneles verdes como una explosión de nubes de hollín, iguanas inmóviles, como esfinges de piedra, posadas en las cornisas sombrías. A menudo, en apariencia perturbada por el ruido del helicóptero, una forma humana parecía correr y ocultarse en las ventanas que se abrían al nivel del agua para revelarse como un cocodrilo que perseguía a una bestia acuática, o como el extremo de un tronco desprendido de un helecho arbóreo.

Treinta kilómetros más allá, la neblina de primera hora de la mañana oscurecía aún el horizonte como un dosel de vapor dorado suspendido del cielo en cortinas diáfanas, pero sobre la ciudad el aire era claro y vívido, y la estela de humo del helicóptero chispeaba flotando como una larga firma ondulada. El helicóptero se alejó en una curva de las lagunas centrales, y Kerans, asomado a la escotilla, dejó de buscar entre los árboles y contempló el luminoso panorama.

La posibilidad de descubrir a Hardman desde el aire era mínima. Si no se había refugiado en algún edificio cercano a la base tendría que estar viajando por algún arroyo, bajo las copas de los helechos.

En la escotilla de estribor, Riggs y Macready continuaban buscando y se pasaban un par de binoculares. Riggs se había sacado la gorra y el viento le echaba el pelo rubio sobre el rostro. Parecía un gorrión feroz con la pequeña mandíbula tensada con fiereza.

Notó que Kerans miraba el cielo y gritó:

—¿No lo ha visto todavía, doctor? No se distraiga. El secreto de una búsqueda feliz es un ciento por ciento de inspección, un ciento por ciento de concentración.

Kerans aceptó el reproche y miró otra vez el disco inclinado de la jungla que giraba alrededor de los rascacielos en la laguna central. La desaparición de Hardman había sido descubierta por un enfermero a las ocho de la mañana, pero la cama estaba fría y era posible que el teniente se hubiera esfumado durante la noche, probablemente poco después del último cambio de guardia, a las nueve y media. No faltaba ningún bote de los amarrados al pontón, aunque Hardman podía haber unido fácilmente dos de los barriles de gasolina vacíos, almacenados en la cubierta C, y sin duda no le habría costado mucho bajar al agua sin hacer ruido. Aun en una balsa tosca como esa era posible que hubiese navegado quince kilómetros antes del alba, lo que extendía el área de la búsqueda a unos ciento veinte kilómetros cuadrados en una zona que era un panal de edificios en ruinas.

Kerans no había podido ver a Bodkin antes de subir al helicóptero y no alcanzaba a imaginar los motivos que habían impulsado a Hardman. La fuga podía ser tanto parte de un plan, que había madurado poco a poco en el cerebro del teniente, como una reacción repentina e irracional a la noticia de que dejaban las lagunas y partían hacia el norte. Kerans ya no estaba excitado como al comienzo, y sentía un curioso alivio, como si la desaparición de Hardman hubiera eliminado una de esas fuerzas contradictorias que lo cercaban, suprimiendo al mismo tiempo la tensión y la sensación de impotencia. No obstante, no irse con los otros sería ahora algo todavía más difícil.

Desatándose las correas, Riggs se incorporó, exasperado, y le tendió los binoculares a uno de los dos hombres de uniforme que estaban sentados en cuclillas en el fondo de la cabina.

—La búsqueda desde el aire es una pérdida de tiempo en esta clase de terreno —le gritó a Kerans—. Bajaremos en algún sitio y estudiaremos el mapa atentamente. Quizá ayude tener en cuenta las características psicológicas de Hardman.

Estaban a unos quince kilómetros al noroeste de las lagunas centrales y la niebla casi ocultaba los rascacielos del horizonte. A unos siete kilómetros, entre ellos y la base, una de las dos lanchas de motor cruzaba un canal, trazando una estela blanquecina que se desvanecía lentamente en la sábana vítrea del agua. La concentración urbana del sur había impedido que los sedimentos inundaran la zona, y la vegetación era allí menos densa y los espejos de agua entre los edificios se alargaban. Kerans pensó, sin ningún motivo lógico, que no encontrarían a Hardman en el sector noroeste.

Riggs subió a la cámara del piloto y poco después el helicóptero cambiaba de velocidad e inclinación. Empezaron a descender, lentamente, hasta volar a unos treinta metros sobre la superficie del agua, siguiendo el curso de los canales más anchos, y buscando un techo apropiado.

Al fin descubrieron el techo giboso de un cine a medio hundir y la máquina bajó y se posó en la terraza cuadrada del pórtico neoasirio.

Durante unos minutos los hombres caminaron, estirando las piernas y mirando por encima de la superficie azul del agua. La estructura más próxima era el alto edificio de una tienda que se elevaba a unos doscientos metros. La escena le recordó a Kerans una descripción de Heródoto: el paisaje de Egipto en la época de las inundaciones, con las ciudades que asomaban como las islas del mar Egeo.

Riggs abrió la cartera del mapa y desplegó la hoja de polietileno en el suelo de la cabina. Apoyando los codos en el borde de la escotilla, puso el dedo en el sitio donde habían aterrizado.

—Bueno, sargento —le dijo a Daley—, nos hemos acercado un poco a Byrd. Pero aparte de castigar el motor, me parece que no hemos conseguido mucho.

La cara menuda y seria de Daley se movió bajo el casco de fibra de vidrio.

—Señor, pienso que nuestra única posibilidad es buscar en tierra, y en unos pocos puntos. Quizá así encontremos algo: una balsa o una mancha de aceite.

—De acuerdo. Pero el problema es... ¿dónde? —Y aquí Riggs golpeteó el mapa con la porra—. Es muy probable que Hardman no esté a más de tres o cuatro kilómetros de la base. ¿Qué opina usted, doctor?

Kerans se encogió de hombros.

—No conozco realmente los motivos de Hardman, coronel. En estos últimos tiempos ha estado a cargo de Bodkin. Quizá...

La voz de Kerans se apagó poco a poco, y Daley aventuró otra hipótesis, lo que distrajo a Riggs. Durante los cinco minutos siguientes el coronel, Daley y Macready discutieron acerca de las posibles direcciones que Hardman podía haber tomado, limitándose a los canales más anchos, como si el teniente estuviese navegando en un acorazado de bolsillo. Kerans se entretuvo mirando el agua que pasaba lentamente junto al cine. Unas pocas ramas y unas matas de hierba iban hacia el norte con la corriente, y la luz brillante del sol enmascaraba el espejo fundido de la superficie. Las ondas martilleaban el pórtico, golpeándole la mente, despacio, y se abrían en círculos cada vez más amplios que se extendían hacia el sur cruzándose con el curso del agua. Observó un rato las lenguas de agua que acariciaban el alero del pórtico, deseando de pronto dejar allí al coronel y meterse en el agua, disolviéndose a sí mismo junto con los fantasmas que esperaban incansablemente como aves centinelas, posadas en la glorieta fresca de esa calma mágica, en el mar luminoso, de color verde dragón, habitado por serpientes.

De pronto supo, sin ninguna duda, dónde tenían que buscar a Hardman.

Esperó a que Daley acabara de hablar.

—... conozco bien al teniente Hardman, señor. Hemos volado juntos casi cinco mil horas, y es evidente que ha perdido la cabeza. Quería volver a Byrd, y tuvo que haber pensado que no podía esperar más, ni siquiera dos días. Partió sin duda hacia el norte y estará descansando en algún sitio, en esos canales de las afueras de la ciudad.

Riggs asintió con escaso entusiasmo, poco convencido aparentemente, pero dispuesto a aceptar la opinión del sargento, a falta de otra cosa.

—Bueno, quizá tenga usted razón. Valdría la pena intentarlo. ¿Qué opina, Kerans?

Kerans meneó la cabeza.

—Coronel, buscar al norte de la ciudad es perder el tiempo. Hardman no puede estar ahí, es una zona demasiado abierta y aislada. No sé si se ha alejado en una balsa o a pie pero, evidentemente, no ha ido hacia el norte; Byrd es el último lugar del mundo a donde hubiera querido volver. Hardman no pudo haber partido sino en una dirección: el sur. —Kerans señaló el laberinto de canales que desembocaban en las lagunas centrales y que eran tributarios de una extensa vía de agua que corría a cinco kilómetros al sur de la ciudad—. Hardman está en algún sitio, por ahí. Tardó probablemente toda la noche en llegar al canal central y sospecho que descansa ahora en alguno de los islotes para proseguir su viaje cuando anochezca.

Kerans calló y Riggs miró fijamente el mapa, con la gorra calada hasta los ojos.

—Pero ¿por qué hacia el sur? —protestó Daley—. Una vez que deje el canal no encontrará más que una jungla apretada y el mar abierto. La temperatura sube constantemente. Morirá achicharrado.

Riggs alzó los ojos hacia Kerans.

—El argumento del sargento Daley es válido, doctor. ¿Por qué viajaría Hardman hacia el sur?

Mirando otra vez el horizonte, Kerans replicó con una voz inexpresiva:

—Coronel, no hay otra dirección.

Riggs titubeó y echó una ojeada a Macready, que había dado un paso atrás alejándose del grupo y se había situado junto a Kerans. La figura encorvada y alta se alzaba a orillas del agua como un cuervo esquelético. Casi imperceptiblemente, y como respondiendo a una pregunta no formulada, Macready asintió con un movimiento de cabeza. El mismo Daley puso un pie en el estribo de la escotilla, aceptando la explicación de Kerans, y como si ahora comprendiera, junto con los otros, los motivos de Hardman.

Tres minutos más tarde el helicóptero se alejaba velozmente hacia el sur.

Como Kerans había profetizado, encontraron a Hardman entre los bancos de sedimentos.

Bajando a cien metros sobre el nivel del agua, rastrillaron hacia arriba y hacia abajo los ocho kilómetros del canal principal. Los bancos de sedimentos asomaban a la superficie como los lomos de unos cachalotes. En todos los sitios donde los contornos hidrodinámicos del canal permitían que el cieno se asentara, la jungla descendía en cascadas de los techos y echaba raíces en los aluviones húmedos, que transformaba en estructuras inamovibles. Kerans examinaba por la abertura de la escotilla las playas estrechas bajo las copas de los bosques de helechos, buscando algún rastro de una balsa oculta o de una choza improvisada.

Al cabo de veinte minutos, sin embargo, y tras una docena de vuelos sobre el canal, Riggs se apartó de la escotilla, meneando tristemente la cabeza.

—Quizá tenga razón, Robert, pero me parece inútil. Hardman no es tonto, y si quiere ocultarse no lo encontraremos nunca. Aunque estuviese asomado a una ventana haciendo señas nos costaría mucho verlo.

Kerans balbuceó una respuesta, mirando hacia abajo. En cada uno de los vuelos de inspección el aparato se desviaba a la derecha unos cien metros, y en las tres últimas vueltas Kerans había estado observando lo que parecía ser una gran manzana de edificios agrupados en forma de media luna, situada en el ángulo entre el canal y la orilla de un arroyo que se perdía en la jungla. Los ocho o nueve pisos superiores de los edificios se alzaban por encima del agua, rodeando una masa pardusca de fango, sembrada de charcos que se vaciaban en el canal. Dos horas antes el banco había sido una sábana de cieno húmedo, pero a las diez, cuando el helicóptero voló sobre ellos, el barro empezó a secarse. Kerans, protegiéndose los ojos de los reflejos del sol, creyó ver que la superficie lisa del barro estaba recorrida por dos tenues líneas paralelas, separadas entre sí unos dos metros, y que llegaban hasta el saliente de un balcón medio hundido en el agua. Cuando pasaron por encima trató de descubrir qué había bajo el saliente de cemento, pero unos troncos muertos ocultaban la abertura.

Le tocó el brazo a Riggs y señaló el banco, siguiendo con tanta atención el trazado de las líneas que subían hasta el balcón que casi no vio las otras huellas, igualmente claras, entre las dos líneas, grabadas en el barro a intervalos de un metro: las pisadas, sin duda, de un hombre alto y fuerte que había arrastrado una carga pesada.

El ruido del helicóptero se apagó allá arriba, en el techo, y Riggs y Macready se inclinaron y miraron la embarcación rudimentaria oculta detrás de una pantalla de hojas, al pie del balcón. La habían construido con dos tanques de agua vacíos y un marco de metal, y las dos proas gemelas y grises estaban aún sucias de cieno. Las huellas barrosas de los pies de Hardman cruzaban el cuarto que daba al balcón y se perdían en el pasillo vecino.

—¿No hay ninguna duda, sargento? —preguntó Riggs, asomándose a la luz del sol y alzando los ojos hacia la media luna de cemento.

Unos pasadizos cortos, entre los pozos de los ascensores, unían entre sí los extremos de los edificios. La mayoría de las ventanas estaban rotas, y unas manchas de moho cubrían las losas amarillas de las fachadas. Todo el grupo de casas tenía el aspecto de un queso camembert demasiado maduro.

Macready se arrodilló junto a uno de los tanques, le quitó el barro, y leyó la inscripción:

—UNAF 22-H-549. Es nuestro, señor. Habíamos puesto los tanques en la cubierta C. El marco es una litera. Tuvo que haberla sacado de la enfermería, después de la última guardia.

—Muy bien. —Frotándose las manos, complacido, Riggs se acercó a Kerans sonriendo y de buen humor—. Excelente, Robert. Magnífico diagnóstico. Tenía razón, por supuesto. —Miró atentamente a Kerans, como buscando una razón que explicara aquella perspicacia extraordinaria—. Anímese. Hardman se lo agradecerá cuando lo llevemos de vuelta.

Kerans estaba en el balcón. A sus pies se extendía la

pendiente de barro. Alzó los ojos hacia la curva silenciosa de aquel millar de ventanas, preguntándose en qué cuarto se habría escondido Hardman.

—Ojalá no se equivoque. Todavía hay que atraparlo.

—No se preocupe, eso llegará. —Riggs les gritó a los dos hombres que estaban en el techo, ayudando a Daley a sujetar el helicóptero—: Wilson, vigile el lado del sudeste. Cadwell, usted vaya hacia el norte. Mire a un lado y a otro. Quizá trate de escapar a nado.

Los dos hombres saludaron y partieron, con las carabinas apoyadas en las caderas. Macready sostenía un fusil Thompson en el antebrazo, y viendo que Riggs preparaba el revólver, Kerans dijo con voz inexpresiva:

—Coronel, no estamos cazando un perro rabioso.

Riggs apartó la observación con un ademán.

—Cálmese, Robert. No quiero que un cocodrilo adormilado me muerda una pierna. Aunque debería saber —y aquí Riggs le sonrió a Kerans— que Hardman se ha traído un Colt 45.

Dejó que Kerans meditara la noticia y tomó un megáfono eléctrico.

—¡Hardman! ¡Le habla el coronel Riggs! —gritó el nombre de Hardman varias veces en el calor silencioso, y luego le guiñó un ojo a Kerans y continuó—: ¡El doctor Kerans quiere hablarle, teniente!

Los sonidos resonaron en la media luna de los edificios y se extendieron entre los pantanos y los arroyos, retumbando débilmente sobre las vastas planicies de barro. Alrededor de ellos todo centelleaba en el inmenso calor, y los hombres de la terraza fruncían nerviosamente las caras. Un olor fétido de cloaca subía del barro, junto con una corona de innumerables insectos que zumbaba y se sacudía. De pronto, Kerans sintió náuseas, y se tambaleó. Se apretó la frente con el dorso de la muñeca y se apoyó de espaldas en una columna, escuchando los ecos que reverberaban alrededor. A cuatrocientos metros de distancia dos torres blancas de reloj emergían de la vegetación como el templo de una perdida religión de la jungla, y los ecos de los gritos de Riggs —Kerans... Kerans... Kerans...— que se reflejaban en las torres le parecían un tañido premonitorio de terrores y desastres. Ante la orientación sin significado de las manecillas de los relojes se sintió identificado, como nunca hasta entonces, con todos los espectros amenazadores y confusos que le ensombrecían cada vez más la mente, el círculo de miríadas de manos, el mandala del tiempo cósmico.

Kerans aún oía débilmente los ecos cuando comenzaron la búsqueda en el edificio. Mientras Riggs y Macready inspeccionaban las habitaciones, Kerans esperó en el pasillo, junto a la boca de la escalera, mirando con atención alrededor mientras iban de un piso a otro. No había muebles. Las tablas del suelo estaban podridas o las habían arrancado. El yeso se había desprendido de las paredes y unos montones grises cubrían los zócalos. Los tres hombres avanzaban lentamente, pisando con cuidado en las vigas de cemento. Allá donde se filtraba la luz, los listones de la construcción se entretejían con enredaderas y musgo, de modo que la estructura del edificio parecía apoyarse en las ramas que invadían los cuartos y corredores.

El hedor del agua grasienta que entraba por las ventanas bajas, arremolinándose, subía entre las tablas del suelo. Perturbados por primera vez en muchos años, los murciélagos que colgaban de las vigas del techo volaban con frenesí hacia las ventanas, y se dispersaban chillando de dolor en la luz brillante del sol. Los lagartos se escurrían por las grietas del suelo, o corrían a la desesperada resbalando en las bañeras secas de los cuartos de baño.

Exacerbada por el calor, la impaciencia de Riggs aumentaba mientras subían sin éxito de piso en piso.

—Bueno, ¿dónde diablos se ha metido? —Riggs se apoyó en la baranda de la escalera. Les indicó a los otros que guardaran silencio, y escuchó con atención, respirando con los dientes apretados—. Cinco minutos de descanso, sargento. No nos descuidemos ahora. Tiene que estar por aquí cerca.

Macready se echó el fusil al hombro y subió hasta la claraboya del descanso siguiente, que dejaba pasar una leve brisa. Kerans se apoyó en la pared, cansado. El sudor le corría por la espalda y el pecho, y le latían las sienes. Eran las once y media, y fuera la temperatura superaba los cuarenta y cinco grados. Bajó los ojos y miró el rostro encendido de Riggs. La tenacidad del coronel era admirable.

—No ponga esa cara de condescendencia, Robert. Ya sé que estoy sudando como un cerdo, pero estos últimos días he descansado poco.

Los dos hombres se miraron de reojo, sintiendo otra vez que no juzgaban del mismo modo la actitud de Hardman. Kerans trató de olvidar el conflicto que los separaba y dijo:

—No se preocupe. Lo encontrará en seguida.

Buscando un sitio donde sentarse, bajó al corredor y empujó la primera puerta.

Una parte del marco cayó débilmente en una nube de polvo y pedazos de madera y Kerans cruzó el cuarto hacia la puerta-ventana del balcón, y observó la jungla a sus pies. Soplaba una brisa débil y dejó que el aire le acariciara la cara y el pecho. El promontorio donde se apoyaba ahora la media luna de edificios había sido antes una loma, y en el otro extremo de la planicie de cieno algunas casas aparecían aún sobre la superficie del agua. Kerans clavó los ojos en las dos torres que asomaban como obeliscos blancos entre las copas de los helechos. El aire amarillo del mediodía era una inmensa manta traslúcida que parecía pesar sobre las frondas, y unas motas de luz chisporroteaban como diamantes cada vez que una rama se movía desviando los rayos del sol. El contorno oscurecido de un pórtico clásico y de una fachada con columnas, bajo las torres, parecían indicar que en otro tiempo los edificios habían sido parte de un pequeño centro municipal. Uno de los relojes no tenía manecillas; el otro se había detenido y señalaba en ese momento, por casualidad, casi la hora exacta: las once y treinta y cinco. Kerans se preguntó si el reloj no estaría funcionando realmente, atendido por algún recluso maniático que se aferraba a un último signo insensato de cordura; aunque si el mecanismo no estaba estropeado, el mismo Riggs haría ese trabajo. En varias ocasiones, antes de abandonar una de las ciudades sumergidas, Riggs había dado cuerda al mecanismo de dos toneladas del reloj enmohecido de alguna catedral, y habían partido luego mientras un último carillón alargaba su nota por encima del agua. Durante las noches siguientes, en sueños, Kerans había visto a Riggs vestido como Guillermo Tell, arrastrándose por un vasto paisaje daliniano, plantando pastosos relojes, como dagas, en la arena fundida.

Kerans se reclinó contra la ventana, observando cómo los minutos pasaban y dejaban atrás al reloj, inmóvil en las 11:35, como un coche que adelanta a otro por un carril más rápido. Aunque quizá el reloj no estaba parado (por lo menos indicaba la hora con exactitud indiscutible dos veces por día, más que la mayoría de los relojes), y marchaba con tanta lentitud que el movimiento de las agujas parecía imperceptible. Cuanto más lentamente marchase un reloj más se aproximaría a la progresión majestuosa o infinitamente gradual del tiempo cósmico. En realidad, invirtiendo la dirección de las agujas, un reloj se movería en cierto sentido aún más lentamente que el universo, y sería parte de un sistema de espacio-tiempo más vasto.

Un descubrimiento interrumpió de pronto la diversión de Kerans. Entre los escombros y el barro de la orilla opuesta un pequeño cementerio descendía hacia el agua, y las losas inclinadas parecían avanzar como un grupo de bañistas. Kerans recordó de nuevo el cementerio espectral sobre el que habían anclado una vez: las aguas habían abierto las ornamentadas tumbas florentinas y los cadáveres flotaban entre los pliegues de los sudarios como en un sombrío ensayo del Juicio Final.

Apartando los ojos, dio la espalda a la ventana y se sobresaltó. Un hombre alto y de barba negra lo miraba inmóvil desde el quicio de la puerta. Sorprendido, Kerans miró un rato la figura, tratando de centrar sus pensamientos.

El hombre inclinaba la cabeza hacia delante, apoyando la barba en el pecho, pero parecía tranquilo, y los brazos le colgaban a los costados. Tenía costras secas de lodo negro en la frente y en las muñecas, y en las botas y los pantalones de faena, y durante un momento le recordó a Kerans uno de los cadáveres resucitados. La chaqueta azul de enfermero, demasiado pequeña, con los galones de cabo sobre el deltoides, acentuaba la impresión de constricción y fatiga. La expresión del rostro era de hambrienta intensidad, pero miraba a Kerans con un desinterés sombrío, como si una capa de cenizas cubriera el fuego de los ojos, un débil centelleo, el único signo de la energía que lo animaba interiormente.

Kerans esperó a que la vista se le acostumbrara a la oscuridad del fondo del cuarto y miró de forma involuntaria hacia la puerta de la alcoba por la que había aparecido el hombre. Extendió una mano hacia él, lentamente, como temiendo romper el encantamiento que los unía, indicándole que no se moviera, y despertando en el otro una rara expresión de simpatía y comprensión, casi como si se hubieran invertido los papeles.

—¡Hardman! —murmuró Kerans.

Como impulsado por una descarga eléctrica, Hardman se precipitó hacia Kerans, y durante un instante pareció que el voluminoso cuerpo ocupaba la mitad del cuarto. Kerans esquivó el golpe y, antes de que pudiera recobrar el equilibrio, Hardman había alcanzado el balcón y saltaba por encima de la baranda.

—¡Hardman!

Kerans llegó al balcón cuando uno de los hombres del techo daba la alarma. Hardman se deslizaba ya como un acróbata por el tubo de desagüe, hasta el parapeto. Riggs y Macready entraron corriendo en el cuarto. Sujetándose la gorra, Riggs se inclinó sobre la baranda y lanzó una maldición mientras Hardman desaparecía en las habitaciones del otro piso.

—¡Bravo, Kerans, casi lo tenía!

Corrieron juntos al pasillo, se precipitaron por las escaleras y vieron que Hardman descendía, saltando de rellano, cuatro plantas más abajo.

Cuando llegaron al nivel del lodo, Hardman les llevaba treinta segundos de ventaja, y unos gritos alterados venían del techo. Pero Riggs no se movió del balcón.

—Dios mío, ¡quiere llevar los tanques al agua!

Treinta metros más allá, Hardman tiraba de una cuerda arrastrando los flotadores por el fango, encorvado, con una energía demoníaca.

Riggs cerró el estuche de cuero de la pistola, sacudiendo la cabeza con tristeza. La orilla del agua estaba a unos cincuenta metros, y Hardman se había hundido en el barro hasta las rodillas, sin prestar atención a los hombres que lo observaban desde el techo. Al fin soltó la cuerda, tomó el marco de metal con las dos manos y se puso a tironear, con sacudidas lentas y dolorosas. La chaqueta de enfermero se le desgarró en la espalda.

Riggs miró hacia arriba y les indicó a Wilson y a Caldwell que bajasen.

—Pobre diablo, parece que no está bien de la cabeza. Doctor, no se aleje, quizá pueda usted tranquilizarlo.

Se acercaron con cautela a Hardman. Los cinco hombres —Riggs, Macready, los dos soldados y Kerans— avanzaron por la pendiente barrosa protegiéndose los ojos de la intensa luz del sol. Como un búfalo herido, Hardman seguía luchando en el barro, a diez metros de los hombres. Kerans les hizo una seña a los otros, pidiéndoles que no se movieran, y se adelantó con Wilson, un joven rubio que había sido enfermero de Hardman. Carraspeó, pensando en lo que podría decirle al teniente.

En el techo, detrás de ellos, el repentino *staccato* de un tubo de escape quebró el silencio de la escena. Unos pocos pasos detrás de Wilson, Kerans titubeó y vio que Riggs alzaba una cara malhumorada hacia el helicóptero. Daley había pensado que la misión ya estaba cumplida y había puesto en marcha el motor. Las hélices giraban lentamente en el aire.

Hardman miró al grupo de hombres, soltó el marco de metal y se encogió detrás de los tanques. Wilson se adelantó entonces lentamente, a lo largo de la orilla barrosa, con la carabina colgada sobre el pecho. En un momento se volvió y le gritó a Kerans unas pocas palabras que se perdieron en el rugido del motor y en los estampidos breves y secos del tubo de escape. De pronto Wilson resbaló y, antes de que Kerans pudiera sostenerlo, Hardman se apoyó en la balsa, con el Colt 45 en la mano y disparó contra ellos. La llama del cañón asomó como una estocada en el aire centelleante y, dando un grito, Wilson cayó sobre la carabina y rodó de espaldas, sosteniéndose un codo ensangrentado.

Los otros hombres empezaron a retroceder y Hardman guardó el revólver, se volvió, y echó a correr a lo largo de la orilla del agua, hacia los edificios que cien metros más allá se confundían con la jungla.

Perseguidos por el rugido creciente del helicóptero,

los hombres corrieron detrás de Hardman. Riggs y Kerans ayudaban a Wilson y avanzaban, tropezando en las huellas que los otros habían dejado. A orillas de la playa de barro la jungla se alzaba como un acantilado verde, en estribaciones de helechos y masas de musgo que colgaban de las terrazas. Hardman se metió sin titubear entre dos viejas paredes de piedra y desapareció en un callejón cuando Macready y Caldwell estaban aún a veinte metros.

—¡Sígalo, sargento! —gritó Riggs cuando Macready se detuvo a esperar al coronel—. Casi lo tenemos, empieza a cansarse. —Se volvió hacia Kerans y le dijo—: Dios, esto es un disparate. —Señaló cansadamente la figura de Hardman que se alejaba saltando—. ¿Qué le pasa? Casi tengo ganas de dejarlo ir.

Wilson se había recuperado y ahora podía caminar sin ayuda. Kerans se apartó y echó a correr.

—Todo irá bien, coronel. Trataré de hablar con Hardman. Quizá consiga traerlo.

El callejón desembocaba en una plaza pequeña: un grupo de sobrios edificios del siglo XIX con una fuente ornamentada en el medio. Unas orquídeas salvajes y unas magnolias se entrelazaban en las columnas jónicas de color gris del viejo palacio de los tribunales, reproducción en miniatura del Partenón, con un pórtico pesadamente esculpido. No obstante, la plaza había sobrevivido casi intacta a los ataques de los últimos cincuenta años, y el nivel de las aguas aún no había llegado allí. Cerca del palacio, con un reloj sin agujas en la torre, se levantaba un segundo edificio, una biblioteca o museo de pilares blancos que brillaban a la luz del sol como una hilera de gigantescos huesos limpios.

Se acercaba el mediodía y el sol iluminaba la plaza antigua con una luz brillante e implacable. Hardman se detuvo y, volviendo la cabeza, miró un momento a los hombres que lo seguían. Subió los escalones entre tropiezos y entró en el palacio. Haciéndoles señas a Kerans y a Caldwell, Macready retrocedió entre las estatuas de la plaza y esperó detrás de la fuente.

—Doctor, ahora es demasiado peligroso. Quizá no lo reconozca a usted. Esperaremos a que aumente el calor. Hardman no puede escapar. Doctor...

Kerans ignoró a Macready. Avanzó con lentitud por las losas agrietadas, con los dos brazos sobre los ojos, y apoyó levemente el pie en el primer escalón. De algún sitio entre las sombras le llegaba el sonido entrecortado de la respiración de Hardman, que aspiraba el aire caliginoso.

El helicóptero apareció sobre ellos, volando despacio y haciendo la plaza estremecer con el rugido de los motores. Riggs y Wilson corrieron escalones arriba hacia el museo, observando el aparato, que descendía en una espiral decreciente. El ruido y el calor le martilleaban el cerebro a Kerans, como un millar de estacas y una nube de polvo subió en un torbellino, envolviéndolo. Bruscamente, el helicóptero perdió altura, y con una agónica aceleración de los motores se deslizó hacia la plaza elevándose otra vez poco antes de tocar el suelo. Kerans corrió a refugiarse con Macready detrás de la fuente, mientras la máquina se sacudía en el aire, girando. De pronto la hélice posterior golpeó una columna del pórtico. Un trozo de mármol saltó hecho trizas, y el helicóptero se inclinó y cayó pesadamente sobre las losas, mientras la hélice de la cola giraba descentrada. Daley apagó el motor y se quedó sentado ante los mandos, algo aturdido por el choque y tratando de librarse de las correas.

Fracasada esta segunda tentativa de aprehender a Hardman, los hombres se sentaron a la sombra, bajo el pórtico del museo, esperando a que bajara la temperatura. La piedra gris parecía iluminada por unos inmensos reflectores, y los edificios envueltos en una luz blanca, como en una fotografía sobreexpuesta, le recordaron a Kerans las columnas y las paredes de color yeso de una necrópolis egipcia. El sol ascendía hacia el cénit, y las losas reflejaron verticalmente la luz. De cuando en cuando, mientras atendía a Wilson y lo calmaba con unos pocos granos de morfina, Kerans miraba a los hombres, que montaban guardia y se abanicaban lentamente las caras con las gorras.

Diez minutos más tarde, poco después de mediodía, Kerans alzó los ojos hacia la plaza. Oscurecidos por la luz y el resplandor, los edificios del otro lado de la fuente ya no eran siempre visibles, y aparecían y desaparecían en el aire como las formas de una ciudad espectral. En el centro de la plaza, junto a la fuente, se erguía una figura solitaria. Las ondas pulsátiles de calor alteraban cada pocos segundos la perspectiva normal y agigantaban fugazmente la figura. La cara tostada por el sol y la barba negra de Hardman tenían ahora el color del yeso, y las ropas manchadas de barro brillaban a la luz cegadora como sábanas de oro.

Kerans se incorporó, arrodillándose, pensando que Macready le saltaría encima en cualquier momento; pero el sargento, junto a Riggs, estaba recostado contra un pilar, mirando inexpresivamente el suelo, como un hombre en trance.

Alejándose de la fuente, Hardman cruzó lentamente la plaza, entre las móviles cortinas de luz. Pasó a unos seis metros de Kerans, que estaba arrodillado detrás de una columna, con una mano apoyada en el hombro de Wilson, que se quejaba en voz baja. Esquivando el helicóptero, Hardman alcanzó el otro extremo del palacio de los tribunales y dejó la plaza, caminando con pie firme por una callejuela inclinada. Cien metros más allá se extendían los bancos de cieno.

La intensidad de la luz disminuyó levemente, como dando cuenta de la fuga.

—¡Coronel Riggs!

Macready bajó de prisa los escalones, protegiéndose los ojos del resplandor, y señaló con el fusil la planicie de cieno. Riggs lo siguió con los delgados hombros echados hacia delante, sin sombrero, cansado y desanimado.

Detuvo a Macready, tomándolo por el codo.

—Déjelo ir, sargento. Nunca lo alcanzaremos. No importa mucho, en realidad.

La figura de Hardman se movía ahora a grandes pasos a doscientos metros de distancia, como si no sintiese aquel calor de horno. Alcanzó la primera loma, que unos vastos palios de vapor ocultaban en parte, y desapareció como un hombre que se pierde en la niebla. Las largas orillas del mar interior se extendían hasta fundirse al fin con el cielo incandescente, de modo que Hardman parecía estar caminando entre unas dunas de ardiente ceniza blanca, hacia la boca misma del sol.

Durante las dos horas siguientes, Kerans esperó sentado en el pórtico del museo a que llegara la lancha, escuchando los gruñidos irritados de Riggs y las tímidas excusas de Daley. Agotado por el calor, trataba de dormir a veces, pero las ocasionales detonaciones de las carabinas le sacudían el cerebro como pesadas botas de cuero. El ruido del helicóptero había atraído a un grupo de iguanas, y los reptiles se escurrían ahora por los contornos de la plaza y les gritaban a los hombres con unas voces agudas y roncas. Kerans sintió por primera vez un tenue miedo que persistió en él aun después de la llegada de la lancha y durante el viaje de vuelta. Sentado en la cabina de alambre, relativamente fresca, mirando pasar las orillas verdes del canal, todavía alcanzaba a oír los roncos ladridos.

Ya en la base instaló a Wilson en la enfermería, y luego buscó al doctor Bodkin y le contó lo que había ocurrido refiriéndose, de paso, a las voces de las iguanas. Bodkin asintió en silencio, de forma enigmática, y dijo al fin:

—No te descuides, Robert, quizá las oigas otra vez.

La lancha estaba aún amarrada en la orilla opuesta de la laguna, y Kerans decidió quedarse en el laboratorio hasta el día siguiente. Pasó la tarde echado en la litera, un poco febril, pensando en Hardman y en aquella rara odisea hacia el sur, y en los bancos de barro que parecían extensiones de oro luminoso a la luz del sol meridional, incitantes y prohibidos a la vez, y que lo llamaban ahora como las costas perdidas e inalcanzables del paraíso amniótico.

5

Descenso al tiempo profundo

Más tarde, esa misma noche, mientras dormía en la litera del laboratorio y las aguas oscuras de la laguna se movían por la ciudad inundada, Kerans tuvo el primer sueño. Había dejado el camarote y caminaba a lo largo de la cubierta, mirando el disco negro y luminoso de la laguna por encima de la baranda. Unos torbellinos de gas opaco flotaban en el cielo a unos cien metros de altura, ocultando casi los contornos relucientes del sol gigantesco. Unos resplandores pulsátiles estallaban de vez en cuando sobre la laguna, iluminando brevemente unos altos acantilados de arcilla, que antes habían sido un anillo de edificios blancos.

La jofaina profunda del agua reflejaba estas llamaradas intermitentes y brillaba con una claridad opalescente y difusa. La luz de las miríadas de organismos fosforescentes se acumulaba en cardúmenes densos, como halos sumergidos. Miles de serpientes y anguilas se entrelazaban y retorcían frenéticamente, desgarrando la superficie de la laguna.

El sol palpitaba entonces más cerca, llenando casi todo el cielo. De pronto, la densa vegetación que crecía a lo largo de los acantilados retrocedió, revelando las cabezas negras y de piedra gris de los enormes lagartos del Triásico. Arrastrándose hacia los bordes de los acantilados, alzaron las cabezas hacia el sol y rugieron juntos, con un ruido creciente que al fin se confundió con los martilleos volcánicos del fuego solar. Kerans sintió la poderosa atracción mesmérica de los reptiles ululantes, que latía dentro de él como si fuera su pulso, y se adelantó, metiéndose en el lago, que en ese momento le parecía una prolongación de su propia corriente sanguínea. El martilleo sordo aumentó, y Kerans sintió que las células del cuerpo se le confundían con el agua y nadó disolviéndose en el lago negro...

Despertó en la sofocante caja metálica del camarote, sintiendo que la cabeza le estallaba como una vaina madura, demasiado fatigado para abrir los ojos. Aun sentado en la cama, mientras se mojaba la cara con el agua tibia de la jarra, alcanzaba a ver el vasto disco inflamado del sol espectral, y oía aún el tremendo martilleo. De pronto advirtió que los golpes tenían la misma frecuencia que los latidos de su propio corazón, y que una distorsión inexplicable magnificaba los sonidos, que se mantenían así un poco por encima del umbral de la audición, reverberando con debilidad en las paredes y el techo de metal como el murmullo apagado de una ciega corriente pelágica contra el casco de un submarino.

Abrió la puerta de la cabina y salió al corredor, y le pareció que los sonidos lo perseguían. Eran poco más de las seis de la mañana, y en el laboratorio había un silencio débil y hueco. Las primeras luces del alba iluminaban las estanterías polvorientas y los cajones almacenados en el pasillo, bajo los ventiladores. Kerans se detuvo, una y otra vez, tratando de sacarse de encima los ecos que aún le sonaban en los oídos, preguntándose, desasosegado, quiénes serían esos nuevos perseguidores. El inconsciente se le transformaba con rapidez en un panteón atestado de fobias y obsesiones tutelares, que habían venido a habitar una psique ya sobrecargada, como extraviados telépatas. Tarde o temprano, los arquetipos mismos se animarían y comenzarían a luchar unos con otros, ánima contra persona, yo contra ello...

Recordó que Beatrice Dahl había tenido el mismo sueño y se dominó. Salió a la cubierta y miró por encima de las aguas estancadas de la laguna el edificio distante, pensando que podía coger prestada una de las lanchas amarradas al pontón y llegar hasta Beatrice. Ahora que él también había tenido uno de esos sueños, apreciaba mejor el coraje y la seguridad que Beatrice le había mostrado, rechazando toda muestra de simpatía.

Y, sin embargo, Kerans sabía que por algún motivo se había resistido a ayudar a Beatrice, ya que no le había hecho muchas preguntas acerca de las pesadillas, ni le había ofrecido ningún sedante. Tampoco había prestado mucha atención a las reflexiones indirectas de Bodkin o de Riggs, que le habían hablado del peligro de los sueños, casi como si él, Kerans, hubiera sabido que pronto tendría también esos sueños, y los hubiese aceptado como un elemento inevitable de su vida, como esa imagen de la propia muerte que todos los hombres guardan en un sitio secreto del corazón. (Lógicamente —pues no hay pronóstico más sombrío que el de la vida—, uno debería decir todas las mañanas a los amigos: «Lamento tu irrevocable muerte», como si sufrieran de un mal incurable. ¿Sería acaso la omisión universal de este pequeño gesto de simpatía el ejemplo que les impulsaba a no hablar de los sueños?)

Cuando Kerans entró en la cocina, Bodkin estaba sentado a la mesa bebiendo tranquilamente el café que se había preparado en una olla. Kerans se dejó caer en una silla, frotándose la frente con una mano febril, y Bodkin lo miró de reojo.

—Así que ahora eres uno de los soñadores, Robert. Has contemplado el efecto fata morgana de la laguna última. Pareces cansado. ¿Fue un sueño muy vívido?

Kerans sonrió forzadamente.

—¿Tratas de asustarme, Alan? Dios, fue bastante vívido, me gustaría no haber pasado la noche aquí. No hay pesadillas en el Ritz. —Sorbió el café caliente con aire pensativo—. Así que esto era de lo que hablaba Riggs. ¿Cuántos hombres han tenido esos sueños?

—Riggs no los ha tenido, pero sí una docena de los otros por lo menos. Y Beatrice Dahl, por supuesto. Yo los tengo desde hace tres meses. Es básicamente el mismo sueño, en todos los casos. —Bodkin hablaba sin prisa, con una voz menos brusca que de costumbre, como si Kerans por fin fuese parte de un pequeño grupo de elegidos. Has aguantado mucho tiempo, Robert, es todo un tributo a la fuerza de tus filtros preconscientes. Empezábamos a preguntarnos cuándo empezarías. —Le sonrió a Kerans—. Tácitamente, claro está. Nunca discuto los sueños con nadie. Excepto el caso de Hardman, pobre hombre. Ya no tenía sueños, los sueños lo tenían a él. —Hizo una breve pausa y preguntó—: ¿Advertiste la ecuación sol-latidos? El disco que oía Hardman era una grabación de su propio pulso, amplificado. De este modo yo tenía la esperanza de precipitar la crisis. No pienses que lo envié deliberadamente a esas junglas.

Kerans asintió con un movimiento de cabeza y miró por la ventana el cuerpo redondo de la base flotante, amarrada al laboratorio. En la cubierta superior el sargento Daley, el copiloto del helicóptero, estaba apoyado en la barandilla, mirando las aguas frescas de la mañana. Quizá también él había salido de la misma pesadilla colectiva y quería llenarse los ojos con el espectro verde oliva de la laguna, esperando borrar así la imagen ardiente del sol triásico. Kerans miró las sombras oscuras bajo la mesa y vio otra vez el débil centelleo de las aguas fosforescentes. Como un rumor distante alcanzaba a oír aún el tamborileo del sol sobre la laguna. Ahora que había dejado atrás los primeros miedos, notaba que esos sonidos lo tranquilizaban en parte, casi lo estimulaban como los latidos de su propio corazón. Pero los reptiles habían sido espantosos.

Recordó las iguanas gritando y embestido en la escalinata del museo. Así como la distinción entre contenidos latentes y manifiestos del sueño ya no era válida, del mismo modo nada dividía ahora lo real de lo sobrerreal en el mundo exterior. Los fantasmas se deslizaban imperceptiblemente de la pesadilla a la realidad y otra vez a la pesadilla, y los paisajes terrestres y psíquicos eran indistintos, como lo habían sido en Hiroshima y en Auschwitz, en el Gólgota y en Gomorra.

—Será mejor que me prestes los relojes despertadores de Hardman —le dijo a Bodkin sin mucho entusiasmo—. O mejor aún, recuérdame que tome una dosis de fenobarbital esta noche.

—No —le advirtió Bodkin firmemente—. No, si no quieres duplicar el impacto del sueño. Solo tus restos de dominio consciente mantienen en pie el dique. —Se abotonó la chaqueta de algodón—. No fue un verdadero sueño, Robert, sino un antiguo recuerdo orgánico de millones de años atrás.

Señaló el borde del sol, que ascendía entre las matas de gimnospermas.

—Los mecanismos liberadores innatos impresos hace millones de años en tu citoplasma han despertado. El sol en expansión y la temperatura en aumento están arrastrándote hacia abajo, por los niveles espinales hasta los mares sumergidos en las capas más bajas de tu inconsciente, a una zona enteramente nueva de la psique neurónica. Esta es una transferencia lumbar, una memoria totalmente biopsíquica. Recordamos realmente estos pantanos y lagunas. Dentro de unas pocas noches los sueños ya no te asustarán, a pesar de su horror aparente. Esto explica que Riggs haya recibido órdenes de partir.

—¿El pelicosaurio? —preguntó Kerans.

Bodkin asintió.

—Somos víctimas de nuestra bomba. En Byrd no se tomaron en serio nuestros informes porque ya habían recibido otros parecidos.

Se oyeron unos pasos firmes en la pasarela y a lo largo del puente. El coronel, afeitado y de uniforme, abrió las puertas de par en par.

Saludó amablemente con la porra, echando una ojeada al montón de tazas sucias y a sus dos subordinados apoyados en la mesa.

—Dios, ¡qué pocilga! Buenos días a los dos. Nos espera un día de mucho trabajo, así que saquen los codos de la mesa. Partiremos mañana a mediodía, y todos deberán haber embarcado a las diez. No quiero gastar más combustible del necesario, de modo que echen por la borda las cosas inútiles. ¿Se encuentra bien, Robert?

—Perfectamente —replicó Kerans inexpresivamente, poniéndose de pie.

—Me alegra. Parece usted un poco cansado. Bueno, si quiere llevarse la lancha para evacuar el Ritz...

Kerans escuchó, de forma mecánica, mientras miraba el sol majestuoso que subía detrás de la figura gesticulante del coronel. Estaban separados ahora, de un modo tan completo, y solo porque el coronel no había tenido el sueño y no había sentido su inmenso poder alucinatorio. El hombre obedecía aún a la razón y a la lógica, y se movía zumbando por un mundo disminuido e insignificante, dando pequeñas órdenes, como una abeja laboriosa que se prepara a volver a la colmena. Al cabo de unos minutos, ignorando al coronel, Kerans se puso a escuchar el profundo tamborileo subliminal, mirando con ojos entornados la superficie centelleante del lago que salpicaba las sombras, debajo de la mesa.

Del otro lado de la mesa, Bodkin parecía hacer lo mismo, con las manos cruzadas sobre el vientre. ¿Durante cuántas de las últimas conversaciones había estado el biólogo a miles de kilómetros?

Riggs se marchó y Kerans lo siguió hasta la puerta.

—Por supuesto, coronel, todo estará listo a tiempo. Gracias por la visita.

Cuando la lancha se alejó cruzando la laguna, Kerans volvió a su silla. Durante unos pocos minutos los dos hombres se miraron fijamente por encima de la mesa. Fuera, los insectos chocaban con la tela de alambre y el sol ascendía en el cielo.

Kerans dijo al fin:

—Alan, aún no sé si me iré.

—¿Sabes dónde estamos? —preguntó al rato—. ¿Cómo se llamaba esta ciudad? —Kerans meneó la cabeza y Bodkin continuó—: Londres, aunque ya no importa mucho. Sin embargo, y es curioso, nací aquí. Ayer fui remando hasta los barrios de la universidad, ahora una red de arroyos, y encontré el laboratorio donde enseñaba mi padre. Nos fuimos cuando yo tenía seis años, pero recuerdo que un día me llevaron a verlo. A unos pocos cientos de metros había un planetario, y yo estuve allí una vez, antes de que modificaran las alineaciones del proyector. La cúpula sigue ahí, debajo de diez metros de agua. Parece un caracol enorme, cubierto de musgo. Es raro, pero mientras miraba esa cúpula me pareció volver a la infancia. A decir verdad, la había olvidado bastante. A mis años no hay más que recuerdos de recuerdos. Cuando nos fuimos de aquí llevamos una vida de nómadas, y en cierto sentido esta ciudad es el único hogar que he conocido...

Bodkin calló, mostrando de pronto una expresión de cansancio.

—Continúa —dijo Kerans, con serenidad.

6

El arca sumergida

Los dos hombres se movieron rápidamente por el puente de planchas de metal, sin hacer ruido, con zapatos de suela de goma. Un cielo blanco de medianoche pendía sobre la superficie oscura de la laguna, y unos pocos cúmulos parecían galeones dormidos. Sobre el agua flotaban los ruidos nocturnos y apagados de la jungla. De cuando en cuando farfullaba un mono, o las iguanas chillaban a lo lejos, en los nidos de los rascacielos sumergidos. Miríadas de insectos buscaban alimento a lo largo de la línea de flotación, perturbados momentáneamente cuando las aguas golpeaban los costados oblicuos del pontón de la base.

Uno a uno, Kerans fue soltando los cabos, aprovechando el movimiento de las olas para sacarlos de las bitas. Cuando el laboratorio se alejó girando, alzó con ansiedad los ojos hacia el bulto oscuro que era la base. Las tres palas más próximas del helicóptero aparecieron en el puente superior, y en seguida asomó la esbelta hélice de la cola. Kerans hizo una pausa antes de soltar el último cabo, esperando a que Bodkin diera la orden desde la cubierta de estribor.

La tensión de la amarra había aumentado, y Kerans tardó varios minutos en hacer pasar el lazo metálico por la cabeza redonda de la bita. Las olas sucesivas que movían el laboratorio, y casi en seguida la base, le permitían levantar el lazo unos pocos centímetros cada vez. Arriba se oían los murmullos impacientes de Bodkin. Habían dado media vuelta en el estrecho canal y ahora la proa apuntaba hacia la laguna. Más allá brillaba una única luz: el ático de Beatrice. Al fin Kerans sacó el lazo y dejó caer el pesado cable al agua, un metro más abajo, mirando cómo se alejaba hacia la base.

Libre de la amarra, y con el centro de gravedad un poco más arriba, a causa del helicóptero posado en el techo, el enorme cilindro rodó inclinándose cinco grados, y luego recuperó poco a poco el equilibrio. En un camarote se encendió una luz, que se apagó al cabo de un momento. Kerans se inclinó en la cubierta y alzó el bichero. La distancia que los separaba de la base aumentó a veinte metros, y luego a cincuenta. La corriente lenta y regular que cruzaba las lagunas los llevaría a lo largo de la costa hasta la orilla donde habían anclado antes.

Esquivando los edificios con la ayuda del bichero, aplastando de vez en cuando las ramas tiernas de los helechos que salían por las ventanas, pronto hubieron recorrido doscientos metros. Fueron más despacio cuando la curva de la costa aminoró la corriente, pero al fin atracaron en una estrecha ensenada de unos treinta metros de ancho.

Kerans se inclinó sobre la barandilla, mirando por encima del agua oscura el pequeño cine que asomaba seis metros sobre la superficie: un techo plano, coronado afortunadamente por cubos que quizá albergaran los motores de los ascensores o las escaleras de emergencia. Le hizo una seña a Bodkin, de pie en la cubierta, cruzó el laboratorio entre los tanques de muestras y las cubas y bajó por la escalerilla metálica que llevaba a la sentina.

Solo había una válvula en el casco, pero Kerans hizo girar la rueda y un chorro de agua fría y espumosa entró barboteando y le empapó los pantalones. Cuando llegó a la cubierta inferior, el agua entraba ya por los imbornales y corría entre las cubetas y las mesas de trabajo. Sacó con rapidez al mono de la jaula del armario y empujó al mamífero de cola peluda por una ventana. El laboratorio descendía como un ascensor. Kerans avanzó por el corredor con el agua a la cintura y trepó a la cubierta, donde Bodkin miraba regocijado las ventanas del edificio próximo, que subían en el aire.

La quilla chata de la nave se posó en el fondo: el agua tapaba ya la cubierta de estribor. De cuando en cuando se oían las burbujas de aire que brotaban de los alambiques y de las retortas del laboratorio. Un reactivo químico escapó por una ventana sumergida y se extendió en el agua como una mancha espumosa.

Kerans observó las burbujas azules que estallaban y se disolvían, y pensó en el amplio semicírculo de gráficos que habían desaparecido bajo el agua cuando él dejaba el laboratorio: un comentario perfecto, casi de vodevil, a los mecanismos biofísicos que habían intentado describir durante tanto tiempo, y que simbolizaban quizá la incertidumbre del futuro, ahora que él y Bodkin habían decidido quedarse. Entraban desde ese momento en el agua incógnita, guiados solo por unas pocas reglas empíricas.

Sacó una hoja de papel de la máquina de escribir que tenía en el camarote y la colgó en la puerta de la cocina. Bodkin añadió su firma al mensaje, y los dos hombres salieron otra vez a la cubierta y echaron al agua la lancha de Kerans.

Remando lentamente, con el motor a bordo, se deslizaron por las aguas negras. Y pronto desaparecieron entre las sombras oscuras y azules de la orilla.

La corriente de aire de las palas agitó el agua de la piscina y sacudió el toldo del patio. El helicóptero daba vueltas sobre la casa y bajaba y subía buscando un sitio donde posarse. Kerans sonrió mientras miraba entre las persianas de plástico del salón. La pila bamboleante de barriles de queroseno que él y Bodkin habían acumulado en el techo disuadiría al piloto. Un par de bidones rodaron hasta caer en la alberca y salpicaron el patio, y el helicóptero se alejó y volvió en seguida, más despacio.

El piloto, el sargento Daley, hizo girar la máquina de modo que la abertura de la escotilla enfrentó las ventanas del salón, y Riggs apareció en el marco, sostenido por dos soldados mientras gritaba algo en el megáfono eléctrico.

Beatrice Dahl corrió hacia Kerans desde su puesto de observación en el otro extremo de la sala, tapándose los oídos.

—¡Robert, está tratando de hablarnos!

Kerans asintió con un movimiento de cabeza; el ruido del motor ahogaba la voz del coronel. Riggs dejó el megáfono y el helicóptero retrocedió y voló sobre la laguna llevándose la vibración y el ruido.

Kerans puso el brazo alrededor de los hombros de Beatrice, acariciando la piel desnuda, tersa y oleosa.

—Bueno, no es muy difícil adivinar lo que Riggs nos decía.

Salieron al patio y saludaron a Bodkin, que había salido del cubo del ascensor y enderezaba en ese momento los bidones. Abajo, en el otro extremo de la laguna, la cubierta superior y el puente asomaban del laboratorio biológico, y varios cientos de viejas hojas de apuntes flotaban alrededor, alejándose. Asomado a la baranda, Kerans señaló el casco amarillo de la base, atracada al Ritz en la más lejana de las tres lagunas centrales.

Después de haber tratado en vano de reflotar el laboratorio, Riggs había partido al mediodía, de acuerdo con lo planeado, y había enviado antes la barcaza al edificio de Beatrice Dahl, donde suponía que se habían ocultado los biólogos. Los hombres descubrieron que el ascensor no funcionaba y rehusaron subir por la escalera los veinte pisos —unas pocas iguanas habían hecho ya sus nidos en los primeros rellanos—, de modo que al fin Riggs trató de llegar allí con el helicóptero. La tentativa había fallado y ahora estaba en el Ritz.

—Por suerte se fue —dijo Beatrice con vehemencia—. No sé por qué me ponía los nervios de punta.

—Se lo demostraste claramente. Es raro que no te haya pegado ya un tiro.

—Pero, querido, era insufrible. Tantas formalidades y esa manía de vestirse para cenar en la jungla. No sabía adaptarse.

—Riggs no era mal tipo —dijo Kerans serenamente—. Y creo que se las arreglará.

Ahora que Riggs se había marchado, Kerans comprendía cómo se había apoyado en el optimismo y el buen humor del coronel. Sin Riggs, la moral del destacamento se hubiese desintegrado en un instante. Se vería ahora si él, Kerans, podía infundir al pequeño trío la misma seguridad y confianza. Tenía que ser el jefe, indudablemente. Bodkin era demasiado viejo, y Beatrice vivía demasiado encerrada en sí misma.

Kerans le echó una ojeada al termómetro que llevaba en la muñeca, junto con el reloj de pulsera. Eran las tres y media, pero la temperatura no había bajado aún de los cuarenta grados, y el sol le golpeaba la piel como un puño. Se unieron a Bodkin y los tres entraron en el salón. Reanudando la discusión interrumpida por la llegada del helicóptero, Kerans dijo:

—Hay unos cuatro mil litros en el tanque de la terraza, Bea, que alcanzarán para tres meses. Digamos dos, pues suponemos que el calor seguirá aumentando. Te recomiendo que cierres el resto de las habitaciones y te mudes aquí. Estás en el lado norte del patio, de modo que la caja del ascensor te protegerá de las lluvias cuando lleguen con las tormentas del sur. Apuesto que el viento destrozará las persianas y las unidades de aire acondicionado de la pared del dormitorio. ¿Y la comida, Alan? ¿Cuánto durarán las provisiones?

Bodkin torció el gesto.

—Bueno, Bea se ha comido casi todas las lenguas de

cordero, y queda la carne de vaca envasada, que puede conservarse por tiempo indefinido. Pero si están pensando en comerse eso..., alcanzaría para seis meses. Aunque yo prefiero la iguana.

—Me parece que la iguana nos preferiría a nosotros. Muy bien, no está mal por ahora. Alan vivirá en el laboratorio hasta que suba el nivel de las aguas, y yo seguiré en el Ritz. ¿Algo más?

Beatrice caminó alrededor del sofá, hacia el bar.

—Sí, querido. Cállate. Empiezas a parecerte a Riggs. La cortesía militar no te sienta bien.

Kerans le hizo la venia, sonriendo, y fue a mirar el cuadro de Ernst en el otro extremo del salón mientras Bodkin contemplaba la jungla por la ventana. Las dos escenas se parecían cada día más, y ambas se confundían a su vez con el paisaje nocturno de los sueños. Nunca discutían las pesadillas, esa zona crepuscular común donde se movían de noche como los fantasmas del cuadro de Delvaux.

Beatrice se había sentado en el sofá, de espaldas, y Kerans pensó que la unidad del grupo no se mantendría mucho tiempo. Beatrice tenía razón; la cortesía militar no le sentaba bien, era un hombre demasiado pasivo e introvertido, demasiado concentrado en sí mismo. Pero lo más importante era que estaban entrando en una nueva coyuntura, donde las obligaciones y cortesías comunes ya no operaban. Ahora que habían tomado esa decisión, los lazos que los unían habían empezado a aflojarse, y no vivirían separados solo por razones de conveniencia. Aunque necesitaba mucho a Beatrice, la personalidad de la muchacha era de algún modo un obstáculo a la libertad absoluta que él anhelaba. Cada uno de ellos tendría que abrirse su camino entre las junglas del tiempo, establecer sus propios puntos de no retorno. Aunque se verían ocasionalmente en las lagunas o en el laboratorio, solo se encontrarían realmente en sueños.

7

El desfile de lagartos

Atravesado por un inmenso rugido, el silencio de primera hora de la mañana se quebró bruscamente sobre la laguna, y el estruendo golpeó el aire y pasó junto a las ventanas del hotel. Kerans se levantó de mala gana y caminó tambaleándose entre los libros caídos en el suelo. Abrió de un puntapié la puerta de alambre del balcón y alcanzó a ver un hidroavión blanco que descendía en la laguna, sus dos cascos escalonados dibujaban sobre el agua dos trazos perfectos de espuma brillante. Cuando las aguas batieron contra las paredes del hotel, destruyendo las colonias de arañas de agua y despertando a los murciélagos que dormían en las maderas podridas, vislumbró la figura de un hombre alto, sentado en la cabina, ancho de hombros y con chaqueta y casco blancos.

Guiaba el hidroavión con desenvoltura, y cuando los flotadores golpearon el agua aceleró los dos poderosos motores, de modo que el aparato se adelantó cabeceando como una lancha de motor que se abre paso entre las olas, lanzando nubes de espuma irisada. El hombre se movió con el cabeceo del aparato, distendiendo las largas piernas, como un auriga que domina por completo a sus dos briosos caballos.

Oculto detrás de las trepadoras que ahora cubrían el balcón —el trabajo de cortarlas no tenía sentido desde hacía tiempo—, Kerans observó al hombre. Cuando el aparato pasó dando su segunda vuelta, vio un perfil aguileño, un rostro de ojos y dientes brillantes, una expresión de entusiasmada conquista.

Alrededor de la cintura le brillaban los cilindros plateados de una cartuchera, y cuando el aparato alcanzó la orilla opuesta de la laguna hubo una serie de breves explosiones. Unas luces de bengala estallaron en el aire en desgarradas sombrillas rojas y las chispas se precipitaron a lo largo de la costa.

En una última explosión de energía, los motores rugieron y el aparato viró bruscamente desde el canal hacia la laguna próxima, desgarrando el follaje con los flotadores. Kerans se apoyó en la barandilla, mirando cómo se serenaban las aguas. Las criptógamas gigantescas y los árboles escamosos se movían sacudidos por las ondas de aire. Una tenue columna de vapor rojo flotaba alejándose hacia el norte, acompañando al rumor de los motores. La violenta irrupción de ruido y energía y la llegada de la extraña figura vestida de blanco habían desconcertado por un momento a Kerans y lo habían sacado bruscamente de su pereza y lasitud.

Desde que Riggs se había marchado, hacía seis semanas, Kerans había vivido prácticamente solo en el ático del hotel, hundiéndose cada vez más profundamente en el mundo silencioso de la jungla. El aumento continuo de la temperatura —el termómetro del balcón marcaba en los mediodías alrededor de cincuenta grados— y la enervante humedad casi impedían dejar el hotel después de las diez de la mañana. Las lagunas y la jungla eran como fuego ardiente hasta las cuatro de la tarde, y por ese entonces Kerans ya estaba demasiado cansado para hacer otra cosa que volver a echarse en la cama.

Se pasaba el día sentado junto a las ventanas del dormitorio, escuchando desde las sombras los estremecimientos de la tela de alambre, que se expandía y contraía con el calor. Muchos de los edificios que rodeaban la laguna habían desaparecido ya bajo la vegetación proliferante. El musgo y las plantas trepadoras ocultaban las blancas caras rectangulares y proporcionaban oscuridad a los lagartos, escondidos en sus cubiles de las ventanas.

Más allá de la laguna, las interminables mareas de barro habían empezado a acumularse en bancos brillantes, sobrepasando aquí y allá la línea de la costa, como inmensas laderas de una distante mina de oro. La luz golpeaba el cerebro de Kerans, bañando las zonas sumergidas bajo el nivel de la conciencia, arrastrándolo a profundidades tibias y diáfanas donde las realidades nominales del tiempo y del espacio habían dejado de existir. Guiado por los sueños, retrocedía cruzando el pasado emergente, una sucesión de paisajes cada vez más extraños —escenas de la laguna— y que parecían representar, como había dicho Bodkin, cada uno de sus propios niveles espinales. Unas veces el círculo de agua era espectral y vibrante, otras estancado y lóbrego, con una costa pizarrosa, como la piel metálica y deslustrada de un reptil. Luego las playas relucían otra vez con un atractivo lustre carmesí, el cielo era cálido y límpido, y en las largas extensiones de arena había una soledad total.

Kerans sentía entonces una delicada angustia, y anhelaba que este descenso por el tiempo arqueopsíquico llegara a su fin, tratando de no pensar que en ese momento el mundo exterior se habría transformado en algo extraño e insoportable.

A veces escribía febrilmente unos pocos apuntes en el cuaderno de botánica, describiendo las nuevas formas de plantas, y en las primeras semanas había visitado a menudo al doctor Bodkin y a Beatrice. Pero ambos estaban cada vez más encerrados en sí mismos, descendiendo al tiempo total. Bodkin parecía siempre perdido en sus ensoñaciones privadas y navegaba sin rumbo por los arroyos en busca del mundo sumergido de su niñez. Una vez Kerans lo había encontrado apoyado en un remo, de pie en la proa del bote metálico, mirando inexpresivamente un bloque de edificios. Había clavado entonces los ojos en Kerans, sin mostrar que lo había visto.

Sin embargo, pese a su leve distanciamiento, sentía que su unión con Beatrice se mantenía intacta, como si ambos hubiesen aceptado tácitamente su papel simbólico en todo aquello.

Luces de bengala estallaron nuevamente en la laguna del laboratorio y de la casa de Beatrice. Kerans se protegió los ojos mientras las brillantes bolas de fuego atravesaban el cielo. Pocos segundos más tarde, desde los distantes bancos de barro del sur, llegaron otras señales, una serie de breves explosiones, y luego unas columnas de humo que se dispersaron en seguida.

El desconocido del hidroavión no estaba solo. Ante la perspectiva de esta inminente invasión, Kerans despertó totalmente. La distancia que había separado las últimas señales indicaba que había varios grupos, y que el hidroavión era solo una avanzada.

Entró otra vez en el dormitorio cerró detrás de él la puerta de alambre y tomó la chaqueta colgada en la silla. Fue al cuarto de baño y se miró en el espejo, acariciándose distraídamente la incipiente barba blanca de una semana. La barba, junto con la piel de ébano, le otorgaba ahora el aire de un vagabundo refinado y mirada introspectiva. Recogió con las manos el agua sucia que se filtraba del tanque, que había ido goteando en un cubo, y se mojó la cara como siempre solía hacer.

Tras apartar con el bichero a dos pequeñas iguanas que ganduleaban en el porche, echó el bote al agua, puso en marcha el motor fuera de borda y se deslizó entre las ondas perezosas. Ramos de algas se movían bajo la quilla, y coleópteros y arañas de agua corrían alrededor de la proa. El reloj señalaba las siete y unos pocos minutos y la temperatura era solo de veinticinco grados, relativamente fresca y agradable. En el aire no flotaban aún las enormes nubes de mosquitos que se alzarían luego con el calor.

Mientras recorría los cien metros del canal que desembocaba en la laguna del sur, estallaron otras bengalas, y oyó el hidroavión, que iba y venía. En un momento el aparato pasó sobre el canal y Kerans vislumbró la figura blanca sentada en la cabina. Apagó el motor cuando llegó a la laguna y se deslizó en silencio entre las frondas de los helechos, observando las serpientes de agua en las ramas.

Veinticinco metros más allá detuvo la lancha entre las matas de gnetáceas que crecían en el techo inclinado de una tienda y trepó por el cemento hasta la escalera de incendios de un edificio vecino. Subió los cinco pisos, llegó a la terraza y se escondió detrás de un frontón bajo, mirando el rascacielos de Beatrice.

En el otro extremo de la laguna el hidroavión volaba ruidosamente en círculos sobre una ensenada, y el piloto se inclinaba hacia atrás y hacia delante como un jinete que contiene a su caballo. Más bengalas subían al cielo, algunas a no más de quinientos metros de distancia. Kerans oyó entonces un rugido sordo pero en aumento, un ronco sonido animal no muy distinto del que emitían las iguanas. Se acercó más aún, confundiéndose con el zumbido de unos motores, y seguido por un ruido de vegetación tronchada y aplastada. A lo largo del curso del canal, los helechos arbóreos y los cálamos caían probablemente unos tras otros, agitando en el aire las ramas como estandartes vencidos. La jungla se abría, desgarrada. Las turbinas del hidroavión y las explosiones ahogaban los chillidos de los murciélagos que asomaban en bandadas y se dispersaban luego volando con frenesí sobre la laguna.

De pronto, el agua de la entrada del canal se alzó en el aire, como desplazada por un tronco enorme, partiendo ramas y hojas, y entró en la laguna. Una cascada espumosa cayó en las orillas, impulsada por la marea que venía detrás, y en la que cabalgaban varias barcazas de casco negro, parecidas a la lancha del coronel Riggs y con unas figuras trazadas con pintura ahora descascarillada en las proas: unos ojos y dientes de dragón. Guiadas por una docena de figuras de tez oscura, ataviadas con camisetas y pantalones cortos blancos, las embarcaciones avanzaron, adelantándose unas a otras hacia el centro de la laguna, y desde las cubiertas se lanzaron las últimas bengalas, al son de la emoción del gentío.

Ensordecido por el estruendo, Kerans se quedó mirando el enjambre de formas largas y oscuras que nadaban con vigor en las aguas burbujeantes, azotando la espuma con las colas. Kerans nunca había visto caimanes tan grandes. Algunos de ellos medían más de siete metros de largo y se precipitaban alrededor del hidroavión golpeándose ferozmente. El hombre de traje blanco estaba ahora de pie en la abertura de la escotilla, con las manos en las caderas, observando alegremente la camada de reptiles. Saludó con aire perezoso a las tripulaciones de las tres barcazas y, con un ademán amplio, señaló la laguna, indicando que echarían anclas allí.

Mientras los hombres de las lanchas encendían otra vez los motores y se acercaban a la orilla, el piloto miró críticamente los edificios de alrededor, inclinando la cabeza. Los caimanes se apretaban como galgos alrededor del amo, y los gritos de una densa nube de pájaros centinelas —chorlos y avefrías— atravesaban el aire de la mañana. Otros caimanes se unieron a la manada que nadaba en espiral, como una masiva encarnación del mal reptiliano.

El piloto gritó, volvió a la cabina, y las dos mil fauces asomaron en la superficie. Las hélices volvieron a ponerse en marcha y los flotadores afilados golpearon el agua, abriéndose paso entre aquellas miserables criaturas. El hidroavión avanzó por el arroyo que comunicaba con la laguna próxima, perseguido por los caimanes. Unos pocos se separaron y nadaron en la laguna, escurriéndose entre las ventanas sumergidas y espantando a las iguanas que habían salido a mirar. Otros se deslizaron entre los edificios y se posaron en las terrazas apenas sumergidas. Detrás, en el centro de la laguna, había un movimiento de aguas alborotadas, mostrando de cuando en cuando el vientre blanco como la nieve de un caimán aplastado por el hidroavión.

Mientras la flota de reptiles se encaminaba al arroyo de la izquierda, Kerans bajó por la escalerilla de incendios y se deslizó por el techo inclinado. Antes de que llegara a la orilla, el agua subió llevándose la embarcación. Pocos segundos después se hundía bajo la presión de los reptiles que luchaban por entrar en el arroyo, y las mandíbulas, que se abrían y cerraban sin parar, la hacían pedazos.

Un enorme caimán que había quedado rezagado vio a Kerans entre los belchos con el agua a la cintura y nadó hacia él, mirándolo fijamente, flexionando el dorso escamoso y la cresta de la cola. Kerans retrocedió con rapidez, resbalando una vez y hundiéndose hasta el cuello, y alcanzó la escalerilla cuando el caimán se arrastraba fuera del agua apoyándose en las patas, cortas y ganchudas.

Jadeando, Kerans se apoyó en la barandilla y miró los ojos fríos y redondos que le devolvían una mirada indiferente.

—Un perro guardián bien entrenado —dijo, y sacando un ladrillo suelto de la pared lo arrojó con ambas manos a la nariz del caimán, que rugió y retrocedió.

Kerans miró sonriendo cómo el caimán se alejaba y

mordía, irritado, las matas de belchos y los restos del bote que aún flotaban en el agua.

Al cabo de media hora y de algunas escaramuzas con unas iguanas, logró atravesar los doscientos metros de costa y entró en el edificio de Beatrice. La joven lo esperaba a la salida del ascensor, asustada, con ojos desorbitados.

—Robert, ¿qué ocurre? —Puso las manos en los hombros de Kerans, apoyando la cabeza en la camisa empapada—. ¿Has visto los caimanes? ¡Hay miles!

—¿Verlos, dices? ¡Uno de ellos casi me come a las puertas de tu casa!

Kerans se apartó de Beatrice, corrió a la ventana, y abrió las persianas de plástico. El hidroavión había entrado en la laguna central y daba vueltas en el agua con rapidez. La horda de caimanes seguía la estela y algunos de los que iban quedando atrás se retiraban a distintos puntos de la costa. Treinta o cuarenta, por lo menos, no habían salido de la primera laguna y nadaban lentamente de un lado a otro, en grupos, persiguiendo a veces a alguna iguana distraída.

—Esos demonios deben de ser animales centinelas —decidió Kerans—. Algo así como una tropa de tarántulas domesticadas. Pensándolo bien, no hay nada mejor.

Beatrice estaba a su lado, tironeándose nerviosamente el cuello de la camisa de seda malva que se había puesto sobre el traje de baño negro. Aunque las habitaciones tenían, cada día más, un aspecto de descuido y desorden, Beatrice estaba siempre bien arreglada. Las pocas veces que Kerans la visitaba, la encontraba en el patio o delante de un espejo, en el dormitorio, aplicándose de forma automática sucesivas capas de pátina, como un pintor ciego que retoca una y otra vez un retrato que apenas puede recordar, temiendo que de otro modo podría olvidarlo definitivamente. Beatrice, muy peinada, con los ojos y la boca cuidadosamente pintados, parecía mirar algo íntimo y secreto, y tenía la belleza helada y cerúlea de un maniquí. Al fin, sin embargo, había despertado.

—Pero ¿quiénes son, Robert? Ese hombre del aeroplano me asusta. Me gustaría que Riggs estuviese aquí.

—Riggs debe de estar a mil quinientos kilómetros ahora, si no ha llegado ya a Byrd. No te preocupes, Bea. Quizá parezcan piratas, pero no tenemos nada que puedan quitarnos.

Un barco de ruedas, con un puente de tres cubiertas, había entrado en la laguna y se movía lentamente hacia las tres lanchas, amarradas a pocos metros del sitio donde había estado la base de Riggs. Las cubiertas y los puentes estaban atestados de fardos y de maquinaria cubierta con lonas, de modo que en medio del navío solo quedaban unos pocos centímetros libres.

Kerans pensó que esta era la nave de carga del grupo, y que los hombres se dedicaban, como la mayor parte de los que todavía iban de un lado a otro por las lagunas y archipiélagos ecuatoriales, a saquear las ciudades sumergidas, llevándose máquinas pesadas —motores eléctricos, principalmente— que habían sido abandonadas por el gobierno. Estos saqueos estaban severamente penados de acuerdo con las leyes, pero en la práctica las autoridades pagaban generosas primas por cualquier material recuperado.

—¡Mira!

Beatrice apretó el codo de Kerans, y señaló el laboratorio. La figura rechoncha y de pelo alborotado del doctor Bodkin se alzaba en el techo, y saludaba con lentos movimientos de la mano a los hombres del buque de ruedas. Uno de ellos, un negro vestido solo con unos pantalones cortos blancos y un gorro blanco puntiagudo, empezó a gritar algo a través de un megáfono.

Kerans se encogió de hombros.

—Alan tiene razón. Conviene que no nos ocultemos. Si los ayudamos se irán pronto y nos dejarán tranquilos.

Beatrice titubeaba, pero Kerans la tomó del brazo. El hidroavión, libre ahora de los caimanes, cruzaba de vuelta la laguna central, rebotando ligeramente en el agua y dejando una hermosa estela de espuma.

—Vamos. Si llegamos abajo a tiempo, quizá nos lleve.

8

El hombre de la sonrisa blanca

Volviendo hacia ellos el hermoso rostro saturnino y mirándolos con una expresión de sospecha y a la vez de divertida superioridad, Strangman se repantigó a la sombra fresca del toldo que cubría la cubierta de popa. Se había puesto un traje blanco, y la superficie sedosa reflejaba los adornos del trono renacentista, de respaldo alto, sacado probablemente de una laguna veneciana o florentina, y que parecía envolver la rara personalidad de Strangman en un aura casi mágica.

—Sus motivos me parecen demasiado complejos, doctor —le dijo a Kerans—. Aunque no me sorprendería que ustedes mismos hayan renunciado a entenderlos. Bueno, los llamaremos el síndrome total de la playa y no hablaremos más.

Chasqueó los dedos llamando al camarero que esperaba en las sombras, sosteniendo una bandeja, y eligió una aceituna. Beatrice, Kerans y Bodkin estaban sentados en unos divanes bajos, en un semicírculo, sintiéndose ahora helados, ahora achicharrados, según el alcance del aire acondicionado que se movía entre ellos. Afuera, media hora antes del mediodía, la laguna era una jofaina de fuego, y la luz dispersa casi enmascaraba el rascacielos de la orilla opuesta. La jungla estaba inmóvil en el inmenso calor, y los caimanes se habían ocultado en algún sitio sombrío.

No obstante, varios de los hombres de Strangman trabajaban en una de las barcazas, descargando unos pesados equipos de buceo, dirigidos por un negro jorobado y corpulento, vestido con unos pantalones cortos de algodón de color verde. Era una parodia grotesca y deforme de un ser humano; de cuando en cuando se quitaba el parche que le cubría un ojo e insultaba a los hombres con gruñidos y maldiciones que parecían flotar en el aire humeante.

—Pero dígame, doctor —insistió Strangman, en apariencia insatisfecho con las respuestas de Kerans—, ¿cuándo se proponen partir?

Kerans titubeó, preguntándose si inventaría o no una fecha. Después de haber esperado una hora a que Strangman se cambiase, habían saludado al hombre y habían tratado de explicarle por qué estaban todavía allí. Sin embargo, Strangman no había sido capaz, parecía, de tomarse las explicaciones en serio, pasando con brusquedad de la desconfianza a la risa. Kerans lo observaba con cuidado, tratando de no dar un solo paso en falso. Strangman ocultaba quizá su verdadera identidad, pero por lo menos no era un saqueador común. Kerans sentía que había algo amenazador en la nave, en la tripulación y en el mismo Strangman. Strangman, sobre todo, con su cara sonriente y blanca, y esas crueles facciones que se afilaban como flechas cuando sonreía mostrando los dientes, perturbaba muy especialmente a Kerans.

—No hemos considerado en detalle esa posibilidad —dijo Kerans al fin—. Pienso que todos esperamos quedarnos por tiempo indefinido. Tenemos unas pocas provisiones.

—Pero querido amigo —replicó Strangman—, la temperatura llegará pronto a los ochenta grados. Todo el planeta está volviendo rápidamente al período mesozoico.

—Precisamente —intervino el doctor Bodkin, saliendo por unos instantes de su ensimismamiento—. Y como somos parte del planeta, una parte importante, nosotros también volvemos. Esta es nuestra zona de tránsito, donde asimilamos de nuevo nuestros pasados biológicos. Por eso hemos elegido quedarnos. No hay otro motivo, Strangman.

—Claro que no, doctor. Creo profundamente en la sinceridad de ustedes. —Los cambios de humor parecían cruzar una y otra vez el rostro de Strangman, quien a veces se mostraba irritado, otras amable, o aburrido, o distraído. Escuchó los golpes de una bomba de aire que había empezado a funcionar en la lancha, y preguntó—: Doctor Bodkin, ¿vivió usted de niño en Londres? Estos sitios evocarán en usted muchos viejos recuerdos, de los museos y los grandes palacios. —Hizo una pausa y añadió—: ¿O sus recuerdos son solo preuterinos?

Kerans alzó los ojos, sorprendido ante la facilidad con que Strangman había asimilado la jerga de Bodkin. Advirtió que aquél no solo observaba con atención a Bodkin sino que también estaba atento a las posibles reacciones de él, de Kerans, y de Beatrice.

Pero Bodkin respondió con un vago ademán.

—No, temo no recordar nada. El pasado inmediato no me interesa.

—Qué lástima —dijo Strangman, irónico—. Lo malo de ustedes es que se han pasado aquí treinta millones de años y han perdido todo sentido de las perspectivas. No sienten ya la belleza transitoria de la existencia. A mí me fascina el pasado inmediato. Los tesoros del Triásico no son nada comparados con los del segundo milenio.

Se apoyó en un codo y le sonrió a Beatrice, que se cubría discretamente las rodillas desnudas con las manos y parecía un ratón que mira a un gato particularmente hermoso.

—¿Y usted, señorita Dahl? Tiene un aspecto melancólico. ¿Un ataque de la enfermedad del tiempo, quizá? ¿Las fiebres cronoclásmicas?

Strangman rio entre dientes y Beatrice dijo con calma:

—Estamos casi siempre un poco cansados aquí, señor Strangman. A propósito, no me gustan sus caimanes.

—No le harán daño. —Strangman se reclinó en su trono y observó al trío—. Todo es muy raro.

Le ordenó algo por encima del hombro al camarero y frunció el ceño, pensativo. Kerans advirtió que la cara y las manos de Strangman era increíblemente blancas, sin ninguna pigmentación. El color tostado de Kerans, como el de Beatrice y el del doctor Bodkin, no se diferenciaba del de la tripulación negra, y no era posible ya hacer sutiles distinciones entre cuarterones y mulatos. Solo Strangman conservaba su palidez original, subrayada ahora por el impecable traje blanco.

El negro del torso desnudo y la gorra puntiaguda apareció en la popa. El sudor corría por sus poderosos músculos. Medía alrededor de un metro ochenta de estatura, pero era tan ancho de hombros que parecía rechoncho y macizo. Se acercó, respetuoso, atento, y Kerans se preguntó cómo se las arreglaría Strangman para conservar su autoridad, y por qué aceptarían los tripulantes aquel tono cortante y duro.

Strangman presentó al negro lacónicamente.

—El Almirante, mi segundo. Si me necesitan y no me encuentran, hablen con él. —Se puso de pie y bajó del estrado—. Antes de que se vayan, permítanme que les muestre mis tesoros.

Le extendió el brazo galantemente a Beatrice, que se apoyó en él, temerosa. Strangman la miró con ojos brillantes y rapaces.

En otro tiempo, concluyó Kerans, la nave había sido un casino flotante, un antro de vicio, anclado a diez kilómetros de Messina o Beirut, fuera de las aguas jurisdiccionales de la ciudad, o al abrigo de un estuario, bajo los cielos más tolerantes del hemisferio sur. Cuando dejaron la cubierta, unos hombres bajaban al agua una adornada pasarela —con flecos y borlas de oro pintados en la marquesina de madera blanca— que temblaba colgada de dos poleas como la cabina de un funicular. La decoración del interior de la nave era también un popurrí de motivos barrocos. El bar, ahora cerrado y a oscuras, en el extremo superior del puente de mando, parecía el castillo de proa de un galeón de gala, y unas cariátides desnudas, de color dorado, sostenían el pórtico. Falsas columnas de mármol enmarcaban las entradas de las alcobas y los comedores, y la doble escalera central parecía el plató vulgar de una película ambientada en Versalles: una aérea confusión de cupidos polvorientos y candelabros de bronce ennegrecidos y mohosos.

Las mesas de juego y las ruletas habían desaparecido, y el suelo de madera rayado estaba cubierto por pilas de cajones que se apretaban contra las ventanas de tela de alambre, de modo que en la sala entraba apenas un reflejo de luz. Todo estaba bien embalado pero en un rincón, sobre una antigua mesa de caoba, Kerans vio una colección de torsos y miembros de mármol, fragmentos de estatuaria todavía sin clasificar.

Strangman se detuvo al pie de la escalera y arrancó un trozo de tempera del descascarado mural.

—La nave se cae a pedazos. No puede compararse con el Ritz, doctor. Envidio la suerte que le ha tocado.

Kerans se encogió de hombros.

—Los alquileres son bajos en esa zona.

Esperaron a que Strangman abriera una puerta cerrada con llave y entraron en la bodega principal, una caverna lóbrega y sofocante atestada de grandes cajones de madera y con el suelo salpicado de serrín. No estaban ya en la sección refrigerada de la nave, y el Almirante y un marinero los seguían de cerca, refrescándolos con el aire frío de una manguera conectada a una espita de la pared. Strangman chasqueó los dedos y el Almirante tiró con premura de las lonas que cubrían los cajones.

Kerans alcanzó a vislumbrar en la penumbra del otro extremo de la bodega los contornos centelleantes de un altar, adornado con volutas y candelabros, y coronado por un proscenio neoclásico que hubiese podido cobijar una casa pequeña. Junto al altar había una hilera de pesados marcos dorados, apoyados en una docena de estatuas, casi todas del Alto Renacimiento. Más allá se amontonaban otros altares más pequeños y unos trípticos, un púlpito intacto de paneles de oro, tres estatuas ecuestres, con unas pocas cintas de algas enredadas aún en las crines de los caballos, varias puertas de catedral enormes, con relieves de oro y plata, y una fuente de mármol. En las estanterías metálicas de las paredes había objetos más pequeños, amontonados en desorden: urnas votivas, copones, escudos, bandejas, trozos de armaduras, tinteros ceremoniales y cosas semejantes.

Todavía del brazo de Beatrice, Strangman se había adelantado y señalaba los tesoros con un amplio ademán. Kerans oyó que hablaba de la capilla Sixtina y la tumba de los Medici.

—Todo esto tiene muy poco valor artístico —murmuró Bodkin, junto a Kerans—, y ha sido elegido por su contenido en oro. Sin embargo, aquí no hay mucho de eso. ¿Qué pretende este hombre?

Kerans asintió con un movimiento de cabeza y miró a Strangman, enfundado en su traje blanco, junto a Beatrice, que tenía las piernas desnudas. De pronto recordó el cuadro de Delvaux: los esqueletos en traje de etiqueta. La cara de Strangman, blanca como la tiza, era realmente una calavera, y había algo en él que le recordaba la animación de aquellos esqueletos. Miró otra vez a Strangman y sintió de pronto, sin ningún motivo, un profundo desagrado, una hostilidad de algún modo impersonal.

—Bueno, Kerans, ¿qué dice usted? —Strangman dio media vuelta y le ordenó al Almirante que cubriera los cajones—. ¿Impresionado, doctor?

Kerans logró apartar los ojos de la cara de Strangman y miró las reliquias saqueadas.

—Parecen huesos —dijo inexpresivamente.

Desconcertado, Strangman sacudió la cabeza.

—¿Huesos? ¿De qué demonios habla? ¡Kerans, usted está loco! Huesos, Dios santo.

La voz de Strangman se apagó en un quejumbroso murmullo, y el Almirante repitió entonces la palabra, primero entre dientes, como si examinara un objeto extraño, luego reiterándola cada vez más rápidamente, en una suerte de desahogo nervioso, sacudido por la risa. El marinero se unió a él y se pusieron a cantar, juntos, moviéndose sobre la manguera como si bailaran la danza de las serpientes.

—¡Huesos! Sí, señor, ¡todos huesos! Huesos, huesos, huesos...

Strangman los miró con furia, abriendo y cerrando las mandíbulas, como un par de pinzas. Kerans, fastidiado, se volvió hacia la puerta. Strangman corrió tras él, le puso una mano en la espalda y lo empujó por el pasillo, hasta la salida.

Cinco minutos más tarde, Kerans se alejaba con Beatrice y Bodkin en una de las barcazas. El Almirante y media docena de marineros bailaban y cantaban en la cubierta de la nave. Strangman había recuperado el buen humor y, apartado de los otros, de pie, sereno y vestido de blanco, los despedía moviendo la mano con irónico ademán.

9

El pozo de Tánatos

Durante las dos semanas siguientes, mientras unas nubes de tormenta oscurecían cada día más el cielo del sur, Kerans vio a Strangman con frecuencia. Strangman recorría a menudo las lagunas en el hidroavión, vestido con peto de faena y casco, vigilando el trabajo de los equipos de salvamento. En cada una de las lagunas había una barcaza con seis hombres, y los buzos exploraban metódicamente los edificios sumergidos. De vez en cuando, un caimán se acercaba demasiado a los buzos, y una descarga de fusilería quebraba la rutina del descenso y el bombeo.

Sentado en la penumbra de su suite del hotel, Kerans se sentía muy lejos de la laguna, y poco le importaba que Strangman anduviese por allí buscando sus tesoros, siempre que no tardara mucho en irse. Los sueños se le estaban metiendo cada vez más en la vida de la vigilia, apartando y reduciendo los mecanismos conscientes. El plano único de tiempo en que vivían Strangman y sus hombres era para Kerans algo demasiado transparente, y de escasa relación con el mundo real. De cuando en cuando, durante las visitas de Strangman, se asomaba algunos minutos a ese plano tenue, pero el verdadero centro de su conciencia estaba en otra parte.

Curiosamente, Strangman ya no se sentía irritado ante Kerans, y hasta le mostraba una cierta simpatía. La mente serena y angular del biólogo era un blanco perfecto para el humor seco de Strangman. A veces se divertía imitando sutilmente a Kerans, tomándolo por el brazo, y diciéndole con tono piadoso:

—Ah, Kerans, hace doscientos millones de años dejamos el mar, lo cual tuvo que ser un acontecimiento profundamente traumático del que nunca nos hemos recobrado...

En otra ocasión, Strangman mandó a dos marineros a la laguna de Kerans, y en la pared de un rascacielos de la otra orilla los hombres pintaron en letras de diez metros de alto:

ZONA DEL TIEMPO

Kerans no se mostró ofendido. La broma pareció todavía más cruel cuando los buzos fracasaron, y entonces Kerans le hizo caso omiso. Hundiéndose en el pasado, esperó con paciencia la llegada de las lluvias.

Kerans comprendió por vez primera por qué le tenía miedo a Strangman después de aquel descenso al fondo de la laguna.

En apariencia, Strangman había organizado el paseo como una reunión social para juntar a los tres exiliados.

De forma lacónica, y con maneras que querían parecer descuidadas, Strangman había empezado a asediar a Beatrice, cultivando la amistad de Kerans como un modo de asegurarse una entrada fácil en las habitaciones de la joven. Cuando descubrió que los miembros del trío se veían pocas veces, decidió tomar otro camino, tentando a Kerans y a Bodkin con las posibilidades de su bien provista despensa. Beatrice, sin embargo, rechazaba siempre estas invitaciones a almorzar o a tomar un refrigerio a medianoche —Strangman y su corte de caimanes y de mulatos tuertos la asustaban aún—, y las reuniones se cancelaban sin excepción.

Pero el verdadero motivo de esta «inmersión de gala» era algo más práctico. Durante un tiempo, Strangman había observado a Bodkin, que navegaba por los arroyos del antiguo barrio de la universidad (a menudo el viejo descubría, muy divertido, que una de las lanchas de Strangman, al mando del Almirante o de Big Caesar, lo seguía por los canales estrechos), y atribuyéndole sus propios motivos había asumido que Bodkin buscaba un tesoro oculto. El foco de las sospechas de Strangman fue al fin el planetario, el único edificio sumergido en el que se podía entrar con cierta facilidad. Strangman puso un día una guardia permanente en la pequeña laguna del sur, a unos doscientos metros de la laguna central, donde estaba el planetario, pero a la caída de la noche Bodkin no había aparecido aún con las aletas y la escafandra, y Strangman perdió la paciencia y decidió adelantarse.

—Vendré a buscarlo a las siete —le dijo a Kerans—. Cócteles de champán, una comida fría, y luego veremos qué esconde ahí el viejo Bodkin.

—Puedo decírselo, Strangman. Solo recuerdos perdidos. Para él valen más que todos los tesoros del mundo.

Pero Strangman soltó una carcajada escéptica, se alejó en el rugiente hidroavión y dejó a Kerans aferrado al muelle flotante, que se movía con las olas.

A las siete en punto de la mañana, el Almirante fue a buscar a Kerans. Recogieron a Beatrice y al doctor Bodkin y luego se acercaron al buque almacén donde Strangman completaba los preparativos para la inmersión. Cargaron el equipo —un traje, una bomba de aire y un teléfono— en una segunda lancha. Una jaula de inmersión pendía de un cabrestante, pero Strangman aseguró que había alejado de la laguna a los caimanes y a las iguanas y que no necesitarían la jaula debajo del agua.

Kerans no estaba muy convencido, pero esta vez, por lo menos, Strangman había dicho la verdad. Habían limpiado correctamente la laguna. Unas pesadas redes de acero cerraban las entradas de los canales, y había guardias armados con arpones y fusiles, a caballo sobre las cadenas que sostenían las redes. Mientras arrimaban la lancha a la sombra de un balcón, en la orilla occidental, los hombres de Strangman arrojaron al agua una última carga de granadas, y las explosiones bruscas y pulsátiles llevaron a la superficie cardúmenes aturdidos de anguilas, camarones y asteroideos que rastrillaron rápidamente a un lado.

La espuma se dispersó y se aclaró, y desde los asientos adosados a la barandilla contemplaron el ancho techo abovedado del planetario, coronado de cintas de musgo. Parecía, como había dicho Bodkin, el gigantesco palacio-caracol de un cuento de hadas. Una pantalla metálica retráctil cerraba el abanico circular de la luz. Strangman había intentado en vano levantar una sección, inmovilizada por la herrumbre. La entrada principal de la cúpula estaba al nivel de la calle, demasiado abajo, invisible, pero una inspección preliminar había revelado que se podía entrar sin dificultades.

La luz del sol cruzó el agua y Kerans miró las verdes profundidades translúcidas, y la jalea amniónica por la que él nadaba en sueños. Recordó que, a pesar de la sobreabundancia universal de agua, no se bañaba realmente en el mar desde hacía diez años y evocó en su mente las brazadas lentas que lo llevaban por el agua, mientras dormía.

Bajo la superficie, a un metro de profundidad, nadó una pitón albina, buscando cómo salir del encierro. Mientras miraba cómo la bestia movía la vigorosa cabeza a un lado y a otro, esquivando los arpones, Kerans sintió durante un momento muy pocos deseos de meterse en el agua. En el otro extremo del lago, un cocodrilo de los estuarios luchaba con dos marineros que trataban de alejarlo. Big Caesar, a caballo sobre el estrecho montante, pateaba furiosamente al anfibio, que se defendía de las lanzas y los arpones con dentelladas y arremetidas. Tenía por lo menos diez metros de largo, y más de noventa años de edad, con un pecho de dos metros de diámetro. El vientre, blanco como la nieve, le recordó a Kerans que había observado un número curiosamente alto de serpientes y lagartos albinos en los últimos días, como si hubiesen salido de la jungla atraídos por la presencia de Strangman. El día anterior, una iguana albina lo había mirado desde el muelle flotante del hotel, como un lagarto de alabastro, y Kerans había pensado automáticamente que el animal le traía un mensaje de Strangman.

Kerans alzó los ojos hacia Strangman, que, vestido de blanco, de pie en la proa de la lancha, miraba con atención mientras el cocodrilo se sacudía y golpeaba la reja, casi echando al negro al agua. Las simpatías de Strangman estaban obviamente de parte del cocodrilo, pero no por razones deportivas, ni por el deseo sádico de ver morir a su lugarteniente principal entre las mandíbulas de la bestia.

Al fin, mientras los marineros gritaban y maldecían, le pasaron una escopeta a Big Caesar, que cogió puntería y descargó los dos cañones contra el desventurado animal, a sus pies. El cocodrilo rugió de dolor, y retrocedió en las aguas poco profundas, sacudiendo el agua con la cola.

Beatrice y Kerans apartaron los ojos, esperando el tiro de gracia, y Strangman corrió a lo largo de la barandilla, frente a ellos, para ver mejor.

—Cuando están atrapados o moribundos golpean el agua como señal de alarma. —Strangman puso el índice en la mejilla de Beatrice, como si quisiera que la muchacha mirase el espectáculo—. No ponga esa cara de disgusto, Kerans. Maldición, muestre un poco de simpatía por la bestia. Existen desde hace cien millones de años. No hay criaturas más viejas en el planeta.

Después de que mataran al animal, Strangman se demoró un rato junto a la barandilla, moviendo los pies con nerviosismo, como si esperara que el cocodrilo resucitase y volviese a la lucha. Cuando los hombres mostraron la cabeza decapitada, en el extremo de un bichero, Strangman dio media vuelta, con el gesto contraído en un espasmo de irritación, para ocuparse otra vez del problema de las inmersiones.

Los primeros en descender fueron dos miembros de la tripulación, provistos de máscaras de oxígeno, vigilados por el Almirante. Bajaron al agua por la escalerilla de metal, y se alejaron deslizándose hacia la cúpula. Examinaron el montante de abanico y luego los pilares semicirculares del edificio, utilizando las grietas de la superficie como puntos de apoyo. Regresaron y bajó otro hombre, con escafandra de buzo, que se movió con lentitud por la calle brumosa. La luz débil se le reflejaba en los hombros y en el casco. Los cables se desenrollaron todavía más, y el marinero entró en el planetario por la puerta principal, comunicándose por teléfono con el Almirante, que retransmitía los mensajes con una sonora voz de barítono.

—El cepillo de las limosnas..., el atrio... Jomo dice que hay asientos en la iglesia, capitán, pero el altar ha desaparecido.

Todos estaban inclinados sobre la barandilla esperando la reaparición de Jomo, pero Strangman, reclinado en su silla, se sujetaba la cara con una mano.

—¡Iglesia! —bufó en tono despectivo—. Qué barbaridad. Manden a otro. Jomo es un condenado idiota.

—Sí, capitán.

Descendieron más buzos, y el camarero sirvió los primeros cócteles de champán. Kerans pensaba sumergirse y dio apenas un sorbo.

Beatrice le tocó el codo, mirándolo atentamente.

—¿Vas a bajar, Robert?

Kerans sonrió.

—Al sótano, Bea. No te preocupes. Me pondré el traje grande. No hay ningún peligro.

—No pensaba en eso.

Beatrice alzó los ojos hacia la elipse creciente del sol que asomaba detrás de ellos, por encima de un tejado. La luz verde oliva se reflejaba en el denso follaje de los helechos y cubría el agua con unas nieblas amarillas y malolientes que se deslizaban sobre la superficie como los vapores de una marmita. Pocos minutos antes el agua parecía fresca y atrayente, pero ahora se había convertido en un mundo cercado, y la barrera de la superficie era como un plano que separaba dos dimensiones. Habían bajado la jaula de inmersión, y los barrotes rojos ondulaban y brillaban débilmente en el agua, distorsionando toda la estructura. Incluso a los hombres que nadaban bajo la superficie los transformaba el agua: los cuerpos que se volvían y giraban parecían luminosas quimeras, ideas que estallaban en movimientos pulsátiles dentro de una jungla neurónica.

Más abajo asomaba la cúpula del planetario, en la luz amarilla, y Kerans pensó en un vehículo cósmico abandonado en la Tierra durante millones de años y ahora revelado por el mar. Se inclinó por detrás de Beatrice y le dijo a Bodkin:

—Alan, Strangman busca el tesoro que tienes escondido ahí.

Bodkin sonrió apenas.

—Espero que lo encuentre —dijo con suavidad—. Tendrá como premio de rescate todo el inconsciente.

Strangman estaba de pie en la proa de la embarcación, interrogando a un buzo que había salido a la superficie. Lo ayudaban ahora a quitarse el traje y el agua chorreaba por la piel de cobre hasta la cubierta. Mientras Strangman hacía sus preguntas vio que Bodkin y Kerans hablaban en voz baja entre ellos. Frunciendo el entrecejo, atravesó la cubierta a grandes zancadas, se acercó mirándolos desconfiadamente con los ojos entornados y se sentó detrás de ellos como un guardia que observa a un trío de prisioneros potencialmente peligrosos.

Alzando la copa de champán, Kerans dijo en tono jocoso:

—Le estaba preguntando al doctor Bodkin dónde había escondido el tesoro, Strangman.

Strangman lo miró un momento, con frialdad, mientras Beatrice se reía, nerviosa, ocultando la cara en el cuello amplio de la blusa de playa. Al fin Strangman apoyó las manos en la silla de mimbre y se inclinó hacia Kerans con la cara blanca como el papel.

—No se preocupe, Kerans —dijo rápidamente, en voz baja—. Sé dónde está y no necesito su ayuda para encontrarlo. —Dio media vuelta y se enfrentó con Bodkin—. ¿No es cierto, doctor?

Bodkin se llevó una mano a la oreja, protegiéndose del borde filoso de la voz de Strangman, y murmuró:

—Quizá lo sepa, Strangman. —Retrocedió con la silla a las sombras decrecientes—. ¿Cuándo comienza la fiesta?

—¿La fiesta? —Strangman miró alrededor, irritado, olvidando en apariencia que él mismo había introducido el término—. No hay muchachas en traje de baño, doctor. Esto no es el balneario local. Un minuto, sin embargo. No debo ser tan poco galante y olvidar a la hermosa señorita Dahl. —Se inclinó ante ella sonriendo untuosamente—: Adelante, mi querida. La coronaré a usted reina del espectáculo, con una escolta de cincuenta cocodrilos divinos.

Beatrice apartó la cara de los ojos centelleantes de Strangman.

—No, gracias. El mar me da miedo.

—No nos decepcione. El doctor Kerans y el doctor Bodkin están impacientes. Mírelos. Y yo también. Será usted Venus descendiendo en el mar, y nacerá de nuevo el doble de bella.

Estiró el brazo para tomar la mano de Beatrice, y la muchacha se echó hacia atrás, frunciendo el ceño, observando con asco la desagradable sonrisa de Strangman. Kerans giró su asiento y tomó el brazo de la muchacha.

—No creo que hoy sea el día de Beatrice, Strangman. Solo nadamos de noche, a la luz de la luna. Es cuestión de temperamento, como usted sabe.

Le sonrió a Strangman que se inclinaba en ese momento sobre Beatrice como un vampiro espectral y parecía cada vez más exasperado.

Kerans se incorporó.

—Escuche, Strangman, me pongo en lugar de Beatrice, ¿le parece bien? Me gustaría bajar y echarle una ojeada al planetario. —Apartó con un ademán la alarma de la muchacha—. No se preocupe. Strangman y el Almirante cuidarán de mí.

—Por supuesto, Kerans —Strangman había recobrado al instante su buen humor e irradiaba un benevolente deseo de ser amable, apenas mostrando cuánto le complacía tener a Kerans en sus manos—. Lo meteremos en la escafandra mayor y podrá hablarnos por el altavoz. Cálmese, señorita Dahl, no hay peligro. ¡Almirante! ¡La escafandra para el doctor Kerans! ¡Pronto!

Kerans miró durante unos breves momentos a Bodkin y apartó los ojos en seguida. La presteza con que se había ofrecido como voluntario había sorprendido de forma evidente al biólogo. Kerans sentía la cabeza curiosamente liviana, aunque apenas había probado el cóctel.

—No estés abajo mucho tiempo, Robert —dijo Bodkin, detrás de Kerans—. El agua está demasiado caliente. Treinta y cinco grados por lo menos. La encontrarás enervante.

Kerans asintió con un movimiento de cabeza y siguió a Strangman, que se adelantaba a grandes pasos hacia la cubierta de proa. Dos hombres bajaban ya el traje y el casco, y el Almirante, Big Caesar y los marineros, apoyados en las ruedas de la bomba, observaban la llegada de Kerans con aire distraído.

—Mire si es posible entrar en el auditorio —le dijo Strangman—. Uno de los muchachos encontró una rendija en una puerta, pero el óxido la ha pegado al marco. —Examinó a Kerans, críticamente, mientras el doctor esperaba que le pusieran la escafandra. Estaba diseñada para inmersiones de no más de diez metros y era una bola de plástico transparente, con dos barras metálicas laterales, y permitía una visibilidad máxima—. Le queda bien, Kerans, parece usted un hombre del espacio interior. —El rictus de una risa le torció la cara—. Pero no trate de llegar al inconsciente, Kerans. Recuerde que con este equipo no puede ir tan abajo.

Apoyándose lentamente en la barandilla, mientras los marineros sostenían detrás los cables, Kerans se detuvo para saludar con torpeza a Beatrice y al doctor Bodkin. Luego se subió a la estrecha escalerilla y bajó lentamente hacia el agua verde y tranquila. Eran poco más de las ocho y el sol brillaba directamente sobre la pegajosa envoltura de vinilo que le cubría el cuerpo, y que se le adhería al pecho y las piernas. Pensó, aliviado, que el agua le refrescaría la piel. La superficie del lago era ahora por completo opaca. Una capa de hojas y algas flotaba con lentitud alrededor, perturbada de vez en cuando por las burbujas de aire que subían desde el interior de la cúpula.

A su derecha alcanzaba a ver a Bodkin y a Beatrice, que lo miraban con la barbilla apoyada en la baranda, expectantes. Directamente arriba, sobre el techo del puente, se erguía la figura alta y delgada de Strangman: los faldones de la chaqueta echados hacia atrás, los brazos en jarras. La brisa le movía el pelo, blanco como tiza, y sonreía mostrando los dientes. Cuando los pies de Kerans tocaron el agua, Strangman le gritó algo. Kerans oyó un rumor ininteligible en los teléfonos. El siseo del aire que entraba por las válvulas aumentó de inmediato, y el circuito interno del micrófono empezó a funcionar.

Kerans no había esperado que el agua estuviese tan caliente. Había pensado que se daría un baño fresco y vivificante, pero estaba entrando en un tanque de gelatina tibia y pegajosa que se le adhería a los tobillos y las pantorrillas como el abrazo fétido de un gigantesco monstruo protozoico. Se sumergió rápidamente hasta los hombros, sacó los pies de los peldaños de la escala, y dejó que el peso del cuerpo lo arrastrara despacio hacia las profundidades verdes, moviendo las manos a lo largo de la baranda y deteniéndose en la marca de los cuatro metros.

Allá el agua era más fresca, y Kerans flexionó los brazos y las piernas mientras los ojos se le acostumbraban a la luz pálida. Unos pocos angelotes pasaron nadando a su lado. Los cuerpos de los peces brillaban como estrellas de plata en la sombra azul que se extendía desde la superficie hasta una profundidad de un metro y medio: un cielo de luz reflejada por millones de partículas de polvo y polen. A una docena de metros asomaba la cúpula del planetario, como la popa de un viejo transatlántico sumergido, vasta y misteriosa. El techo de aluminio, reluciente en otro tiempo, era ahora una superficie opaca y corroída, y los moluscos y las conchas bivalvas se aferraban a los remaches. Más abajo, donde la cúpula se apoyaba en el techo cuadrado del auditorio, un bosque de algas gigantescas flotaba con delicadeza. Algunas de las frondas tenían tres metros de altura, y parecían exquisitos espíritus marinos que ondeaban juntos como las ánimas de una sagrada caverna neptuniana.

La escalerilla terminaba a seis metros del fondo, pero Kerans ya se mantenía en equilibrio en el agua. Se dejó caer sosteniéndose de los extremos de la escalera y al fin se soltó y flotó de espaldas hacia el fondo del lago. Las antenas gemelas del tubo de aire y el cable del teléfono subían por el estrecho pozo de luz, reflejándose en las perturbaciones del agua, hacia el casco plateado y rectangular de la embarcación.

Aislada en el agua de cualquier otro sonido, la bomba de aire, acompañada por el ritmo de su propia respiración, martilleaba con regularidad los oídos de Kerans, aumentando de volumen a medida que la presión del aire crecía, y resonando a su alrededor en el agua de color verde oliva, como el inmenso latido oceánico que había oído en sueños.

Una voz chirrió en los auriculares:

—Aquí Strangman, Kerans. ¿Cómo está la madre dulce y gris de todos nosotros?

—Me siento como en casa. Casi he llegado al fondo. Veo la jaula de inmersión, cerca de la entrada.

Se hundió hasta las rodillas en el fango que cubría el fondo y se enderezó, apoyándose en el poste de hierro de un farol. Fácil, lentamente, como un hombre que camina en la luna, se adelantó por el barro que se movía a sus pies como una nube de gas. A la derecha se alineaban los frentes borrosos de las casas. Los sedimentos se habían apilado en dunas de contornos suaves que llegaban a las ventanas de los primeros pisos. Entre los edificios, el barro casi alcanzaba los siete metros de altura, y las rejas de contención asomaban como grandes compuertas. Fragmentos de muebles y armarios metálicos y tablas, unidos entre sí por algas y cefalópodos, taponaban las ventanas.

La jaula de inmersión se balanceaba despacio sobre la calle a un metro y medio de altura, y había sierras y llaves inglesas en el suelo. Kerans se acercó al umbral del planetario, extendiendo los cables detrás de él y esperando de vez en cuando a que se aflojaran.

Semejante a un colosal templo submarino, la masa blanca del planetario se alzaba ante él iluminada por la vívida superficie del agua. Los otros buzos habían desmantelado ya la cancela de hierro que guardaba la entrada, y en el arco del vestíbulo las puertas estaban abiertas de par en par. Kerans encendió la lámpara de la escafandra y entró. Mientras subía los escalones que llevaban al entresuelo miró con cuidado entre las columnas. Las barandillas de metal y los paneles de cromo estaban oxidados, pero el interior del planetario, defendido por las barricadas de la vida animal y vegetal de las lagunas, parecía intacto, tan limpio y reluciente como el día en que habían cedido los últimos diques.

Pasó delante de la taquilla, se adelantó lentamente por el entresuelo y se detuvo junto a la baranda para leer sobre las puertas los letreros brillantes que reflejaban la luz. Alrededor del auditorio corría un pasillo circular, y la lámpara del casco atravesaba el agua negra y espesa con un pálido cono luminoso. La administración del auditorio había abrigado la débil esperanza de que se reconstruyeran los diques, y habían levantado alrededor del auditorio un segundo anillo de barricadas, apoyadas en barras de hierro, y el óxido las había convertido al fin en mamparas inamovibles.

En la segunda mampara el extremo superior del panel de la derecha había sido retirado un poco hacia atrás, de modo que era posible espiar desde allí el interior del auditorio. Demasiado fatigado por el agua que le oprimía el pecho y el estómago, y sintiendo cada vez más el peso del traje, Kerans se contentó con observar unas motas de luz que descendían desde las grietas de la cúpula.

Mientras volvía a la jaula de inmersión a buscar una sierra, descubrió una puertita en lo alto de unos pocos escalones, detrás de la taquilla, y que conducía quizá a una cabina de proyección o a la oficina de los administradores, sobre el auditorio. Subió trabajosamente, apoyándose en la barandilla. Las suelas de metal de las botas le resbalaban en la alfombra barrosa. La puerta estaba cerrada. Kerans la empujó con el hombro, los goznes cedieron y la puerta se deslizó graciosamente por el suelo como un velamen de papel.

Haciendo una pausa para desenredar los cables, Kerans escuchó el bombeo regular que le golpeaba los oídos. El ritmo había cambiado, de forma perceptible, indicando que la tarea estaba a cargo ahora de otro par de hombres. Trabajaban con más lentitud, quizá desacostumbrados a bombear aire a presión máxima. Por alguna razón, Kerans sintió un ligero estremecimiento de alarma. Aunque era totalmente consciente de la malicia y del carácter caprichoso de Strangman, estaba seguro de que no trataría de deshacerse de él con un método tan tosco como el de dejarlo sin aire. Beatrice y Bodkin estaban allí arriba, y aunque Riggs y sus hombres se encontraban a mil kilómetros de distancia siempre había la posibilidad de que alguna patrulla del gobierno visitara las lagunas. Si no se decidía a matar también a Beatrice y al doctor Bodkin —lo que parecía improbable por muchas razones, entre otras porque parecían saber de la ciudad más de lo que admitían—, la muerte de Kerans le acarrearía a Strangman más problemas que beneficios.

El aire siseó en el casco, tranquilizándolo, y Kerans cruzó la habitación vacía. Unos pocos estantes colgaban de un muro, y un mueble metálico sobresalía en un rincón. De pronto, con un sobresalto de alarma, vio lo que parecía ser un hombre en un traje del espacio enorme e hinchado que lo miraba desde una distancia de tres metros. Unas burbujas blancas le brotaban de la cabeza de rana; alzaba las manos en una actitud amenazante, y una llamarada de luz se proyectaba desde el caso.

—¡Strangman! —gritó Kerans sin darse cuenta.

—¡Kerans! ¿Qué pasa? —La voz de Strangman, más próxima que el murmullo de la propia conciencia de Kerans, atravesó el pánico—. Kerans, ¡es usted un insensato!

—Lo siento, Strangman. —Kerans se dominó y avanzó de forma lenta hacia la móvil figura—. Me vi en un espejo. Estoy en la oficina del administrador o en el cuarto de control, no puedo asegurarlo. Llegué aquí desde el entresuelo, por una escalera. Quizá haya una entrada al auditorio.

—Muy bien. Trate de encontrar la caja fuerte. Debe de estar detrás del cuadro, justo encima de la mesa.

Kerans ignoró a Strangman, puso las dos manos en la superficie del espejo y sacudió el casco de derecha a izquierda. Estaba en la cabina de control que dominaba el auditorio, mirándose en el panel de vidrio a prueba de ruidos. Vio enfrente el gabinete de los mandos, pero habían retirado los aparatos; la silla giratoria del operador no tenía nada delante y parecía el trono solitario y aislado de algún magnate obsesionado con los gérmenes. Casi agotado por la presión del agua, Kerans se dejó caer en el asiento y examinó el auditorio circular.

Débilmente iluminada por la lamparita del casco, la bóveda oscura de paredes manchadas de barro se alzaba sobre él como una vasta matriz forrada de terciopelo en una pesadilla surrealista. El agua negra y opaca parecía colgar en cortinas verticales y sólidas sobre la plataforma del centro del auditorio, como si ocultara el santuario último de las profundidades. Por algún motivo, las filas circulares de asientos no destruían la imagen uterina de la cámara; al contrario, la reforzaban. Kerans oyó el golpeteo de la bomba, planteándose si lo que oía sería quizá el débil réquiem subliminal de sus propios sueños. Abrió la puertita que llevaba al auditorio y desconectó el cable para sentirse libre de la voz de Strangman.

Una leve capa de barro cubría los escalones alfombrados del pasillo. Bajo el centro de la cúpula el agua estaba por lo menos seis grados más caliente que en la cabina, a causa quizá de algún fenómeno de difusión del calor, y Kerans la sintió en la piel como un bálsamo tibio. Habían retirado el proyector de la plataforma, pero en las grietas de la cúpula chispeaban unos puntos de luz distantes, como perfiles galácticos de algún universo distante. Kerans contempló ese zodíaco desconocido: la primera visión de algún Cortés pelágico que subía desde las profundidades abisales a observar los inmensos Pacíficos del cielo abierto.

De pie en la plataforma, miró alrededor, a las filas de asientos vacíos que lo enfrentaban, preguntándose qué rito uterino celebraría ante ese público invisible que parecía mirarlo. La presión del aire en el casco aumentó de forma brusca. Los hombres del puente habían advertido sin duda que no había contacto telefónico. Las válvulas zumbaban a los lados de la escafandra, y las burbujas plateadas se alejaban zigzagueando como espíritus fugaces.

De forma gradual, a medida que pasaban los minutos, la preservación del zodíaco lejano, quizá la configuración de constelaciones que habían acompañado a la Tierra durante el período triásico, le pareció a Kerans la tarea más importante. Bajó de la plataforma y se encaminó otra vez a la cabina de control, arrastrando el tubo del aire. Cuando llegaba a la pequeña puerta sintió que el tubo se le escapaba de las manos como una serpiente, y en un impulso de cólera lo envolvió en la manija. Esperó hasta que el tubo se hubo estirado y le dio entonces otra vuelta alrededor del pestillo, conservando un radio de acción de cuatro metros. Bajó otra vez los escalones y se detuvo a medio camino en la manija, con la cabeza echada hacia atrás, decidido a grabarse en la retina la imagen de las constelaciones. Esas figuras enseguida le parecieron más familiares que las constelaciones clásicas. En una vasta y convulsiva recesión de los equinoccios, un billón de días sidéreos había vuelto atrás, reordenando las nebulosas y los universos isla en la perspectiva primera.

Una aguda punzada de dolor le atravesó la trompa de Eustaquio, obligándolo a tragar saliva. Kerans descubrió de pronto que la válvula de entrada de aire había dejado de funcionar. Cada diez segundos se oía un débil siseo, pero la presión había bajado mucho. Mareado, avanzó tambaleándose entre los asientos y trató de sacar el tubo de aire del pestillo, convencido ya de que Strangman había aprovechado la oportunidad para simular un accidente. Sintió que se ahogaba, tropezó en un escalón y cayó despacio entre los asientos con los movimientos de un globo.

Mientras el rayo de la lámpara corría por el cielo abovedado, iluminando por última vez el enorme útero vacante, la nauseabunda calidez de la cámara inundó a Kerans. Estaba ahora tendido de espaldas, apretando débilmente con una mano el lazo del tubo en la manija, sintiendo la dulce presión del agua en el traje, de modo que las barreras que habían separado su propia corriente sanguínea y la del gigantesco amnios parecían haber desaparecido. La profunda cuna de barro lo sostenía con cuidado como una inmensa placenta, infinitamente más blanda que cualquier cama. Arriba, muy lejos, mientras iba perdiendo la conciencia, podía ver las nebulosas y galaxias de otro tiempo brillando en la noche uterina. Luego también estos fuegos se esfumaron, y Kerans solo tuvo conciencia de una luz trémula en los fondos más alejados de su propia mente. Empezó a acercarse entonces a esa luz, poco a poco, flotando, moviéndose hacia el centro de la cúpula, advirtiendo que el débil rayo retrocedía con una rapidez cada vez mayor. Cuando ya no vio nada, siguió avanzando en la oscuridad, solo, como un pez ciego en un infinito mar olvidado, arrastrado por un impulso cuya naturaleza nunca comprendería...

Pasaron épocas. Olas gigantes, infinitamente lentas y envolventes, rompieron y cayeron en las playas sin sol del tiempo-océano, llevándolo de un lado a otro por las aguas de la orilla, los limbos de la eternidad. Mil imágenes de él mismo se reflejaron en los espejos invertidos de la superficie. Le pareció que un inmenso lago interior le estallaba en los pulmones y que la caja torácica se le distendía como la de una ballena para contener los oceánicos volúmenes de agua.

—Kerans...

Kerans alzó los ojos hacia la cubierta luminosa, la brillante panoplia de luz del toldo, la atenta cara de ébano del

Almirante, sentado en cuclillas, que le practicaba compresiones en el pecho con las manazas.

—Strangman, él...

Sofocado por el agua que le subía a la garganta, Kerans apoyó otra vez la cabeza en la cálida cubierta, sintiendo las punzadas del sol en los ojos. Un círculo de rostros lo miraba con atención: Beatrice, muy alarmada; Bodkin, que fruncía el ceño; una confusión de caras morenas con gorras de color caqui. De pronto, a unos pocos centímetros, apareció una cara blanca, que miró a Kerans con una mueca llena de malicia, como una estatua obscena.

—Strangman, usted...

La mueca se transformó en una sonrisa de triunfo.

—No, no, Kerans. No trate de echarme la culpa. El doctor Bodkin es aquí testigo. —Strangman sacudió un dedo—. Ya le advertí que no descendiera demasiado.

El Almirante se incorporó, indudablemente convencido de que Kerans se había recuperado. La cubierta quemaba como un hierro al rojo vivo, y Kerans se enderezó y, apoyándose en un brazo, se sentó en el charco de agua. A unos pocos metros, plegado sobre los imbornales, el traje parecía un cadáver desinflado.

Beatrice se abrió paso entre el círculo de espectadores y se agachó junto a Kerans.

—Robert, descansa, no pienses en eso ahora.

Pasó el brazo alrededor de los hombros de Kerans y miró atentamente a Strangman. Strangman, de pie detrás de Kerans, sonreía complacido con las manos en las caderas.

—El cable se enredó... —Los pulmones de Kerans eran como dos flores delicadas y maltrechas. Sacudió la cabeza y respiró lentamente saboreando el aire fresco—. Tiraban de arriba. ¿Cómo no impidió usted...?

Bodkin se adelantó y le puso a Kerans la chaqueta sobre los hombros.

—Tranquilízate, Kerans, ahora ya no importa. Sí, estoy seguro de que Strangman no tuvo la culpa, estaba hablando con Beatrice y conmigo cuando ocurrió. El cable se había enganchado en algún obstáculo. No fue más que un accidente.

—No, no fue un accidente, doctor —interrumpió Strangman—. No perpetúe un mito. Kerans quedará mucho más contento si le decimos la verdad. Él mismo enredó el cable, de forma deliberada. ¿Por qué? —Aquí Strangman agitó una mano, con aire profesional—. Porque quería ser parte del mundo sumergido. —Se echó a reír, palmeándose los muslos, mientras Kerans caminaba tambaleándose hacia un asiento—. Y lo más divertido es que Kerans no sabe si digo o no la verdad. ¿Se da cuenta, Bodkin? Mírelo. ¡No está seguro! Dios, qué ironía.

—¡Strangman! —gritó Beatrice, furiosa, dominando su propio miedo—. ¡Cállese! Es posible que haya sido un accidente.

Strangman se encogió de hombros con gesto teatral.

—Es posible —repitió, con énfasis—. Aceptémoslo. Así es todavía más interesante, en particular para Kerans. «¿He tratado o no de suicidarme?» Una de las pocas cuestiones existenciales que pueden llamarse absolutas, mucho más significativa que «ser o no ser», que subraya solo la incertidumbre del suicidio, y no tanto la eterna ambivalencia del suicida. —Sonrió a Kerans con aire de condescendencia, que en ese momento se sentaba con lentos ademanes, sorbiendo la bebida que le había traído Beatrice—. Kerans, le envidio la tarea de descubrir la verdad, si puede descubrirla.

Kerans alcanzó a esbozar una sonrisa. La asfixia no debía de haber sido grave, pues sentía que se recobraba con mucha rapidez. Los otros tripulantes habían perdido todo interés y volvían a sus tareas.

—Gracias, Strangman. Cuando encuentre la respuesta, se lo haré saber.

De vuelta hacia el Ritz, Kerans viajó en la proa de la barcaza, recordando la vasta cámara-útero del planetario y la superposición estratificada de sus propias asociaciones, tratando de no pensar en el terrible «o esto o aquello» que Strangman había planteado. ¿Había anudado de manera inconsciente el tubo de aire, sabiendo que corría el peligro de morir sofocado, o realmente se había tratado de un accidente? No era imposible tampoco que Strangman hubiese intentado deshacerse de él. Sin el auxilio de los dos buceadores (quizá había contado ya con esa ayuda y por eso había desconectado el cable telefónico) hubiera encontrado sin duda una respuesta. Ni siquiera veía con claridad qué razones lo habían impulsado a descender. Parecía, sin embargo, que había deseado, curiosamente, ponerse en manos de Strangman y preparar así de algún modo su propio asesinato.

Pasaron unos días y el acertijo siguió sin solución. ¿Era posible que el mismo mundo sumergido y la extraña marcha de Hardman hacia el sur no fuesen sino un impulso suicida, una aceptación inconsciente de la lógica de su propio descenso involucionario, la extrema síntesis neurónica del cero arqueopsíquico? Antes que convivir con un nuevo enigma, y cada vez más asustado del papel que Strangman quizá desempeñaba en esas obsesiones, Kerans prefirió reprimir de forma sistemática todo recuerdo del accidente. De un modo semejante, Beatrice y Bodkin evitaron hablar del asunto, como si pensasen que una respuesta no solo resolvería ese problema sino también muchos otros misteriosos enigmas en los que se apoyaban en ese instante, destruyendo así esas ilusiones a las que no podían renunciar sino de mala gana, lo mismo que a las ideas que tenían de ellos mismos, y que eran presunciones necesarias aunque ambiguas.

10

Una fiesta inesperada

—¡Kerans!

El ruido estridente del hidroavión que se acercaba al atracadero despertó a Kerans, que se agitó, incómodo, moviendo la cabeza a un lado y a otro sobre la almohada sucia. Clavó la mirada en los paralelogramos de color verde claro que moteaban el techo sobre las persianas venecianas, escuchó el ruido de los motores que cambiaban de velocidad, y haciendo un esfuerzo dejó la cama. Eran ya las siete y media —hasta hacía un mes se despertaba una hora antes— y la luz brillante del sol que se reflejaba en la laguna metía los dedos en la habitación oscura como un codicioso monstruo dorado.

De pronto descubrió, fastidiado, que la noche anterior había olvidado apagar el ventilador al lado del lecho. Había empezado a quedarse dormido en los momentos más inesperados, a veces sentado en el colchón mientras se desataba los cordones de los zapatos. Tratando de ahorrar combustible, había cerrado el dormitorio y trasladado al vestíbulo la pesada cama doble, de cabecera dorada; pero tenía la alcoba tan asociada a sus propios sueños que muy pronto se vio obligado a trasladar la cama otra vez.

—¡Kerans!

La voz de Strangman resonó como una advertencia en el pasillo de abajo. Kerans fue al cuarto de baño arrastrando los pies, y estaba lavándose la cara cuando entró Strangman.

Librándose del casco, Strangman sacó una jarra de café caliente y una lata de gorgonzola mohoso.

—Un regalo para usted. —Examinó la mirada opaca de Kerans frunciendo el ceño amigablemente—. Bueno, ¿cómo van las cosas en el tiempo profundo?

Kerans se sentó al borde de la cama, esperando a que la marea de junglas fantasmales que le había inundado la mente se desvaneciera. Los remanentes de los sueños se extendían interminables a su alrededor, como aguas poco profundas cubriendo la superficie de la realidad.

—¿Qué lo trae aquí? —preguntó impasible.

Strangman pareció ofendido.

—Kerans, usted me agrada. Continúa olvidándolo. —Aumentó la potencia del aire acondicionado sonriéndole a Kerans, que observaba con atención aquella mueca torcida y perversa—. Aunque lo cierto es que hoy tengo otro motivo. Quiero que cene conmigo esta noche. No empiece a menear la cabeza. He estado viniendo mucho aquí y es hora de que le devuelva la hospitalidad. Beatrice y el viejo Bodkin irán también. Será una verdadera fiesta: fuegos de artificio, tambores y una sorpresa.

—¿Qué sorpresa?

—Ya verá. Algo realmente espectacular, créame. No hago las cosas a medias. Haría bailar a esos caimanes sobre las puntas de las colas, si quisiera. —Strangman asintió de forma solemne con un movimiento de cabeza—. Kerans, quedará usted impresionado. Y quizá hasta le haga bien mentalmente. Quizá podamos parar esa loca máquina del tiempo que tiene usted en la cabeza. —Tuvo un repentino cambio de humor y pareció distante y distraído—. Pero no me burlo de usted, Kerans. No podría soportar ni la décima parte de la responsabilidad que usted acarrea. La trágica soledad, por ejemplo, de estas espectrales miasmas triásicas. —Tomó un libro del aire acondicionado, un ejemplar de los poemas de Donne, e improvisó—: Un mundo dentro de un mundo, todos los hombres son islas, que nadan por mares de archipiélagos...

Casi seguro de que Strangman bromeaba, Kerans preguntó:

—¿Cómo van las inmersiones?

—No muy bien, con franqueza. La ciudad está demasiado al norte y no han dejado mucho. Pero hemos descubierto algunas cosas de interés. Ya las verá esta noche.

Kerans titubeó, preguntándose si tendría bastantes energías para charlar con Bodkin y Beatrice. No los había visto desde el fracasado descenso al planetario, aunque Strangman iba todas las noches con su hidroavión a la casa de Beatrice. (Kerans no podía saber con qué resultado, excepto por los comentarios del propio Strangman: «Las mujeres son como arañas, y se pasan las horas mirándolo a uno mientras tejen sus telas» o «Sigue hablando de usted, Robert, maldita sea», lo que indicaba una respuesta negativa.)

No obstante, la voz de Strangman tenía ahora un énfasis peculiar, y parecía sugerir que la asistencia de Kerans era obligatoria y que no podría negarse. Strangman siguió a Kerans al vestíbulo, aguardando una réplica.

—No me ha avisado con mucho tiempo, Strangman.

—Lo siento, Kerans, pero nos conocemos bien y no pensé que eso pudiera importarle. Échele la culpa a mi personalidad maníaco-depresiva. Nunca digo que no a un ardid sonado.

Kerans encontró dos tacitas de porcelana dorada y las llenó con el café de la jarra. «Nos conocemos bien —se dijo irónicamente—. Que me cuelguen si te conozco, Strangman.» Corriendo por las lagunas como el espíritu maligno de la ciudad sumergida, apoteosis de la violencia y la crueldad sin sentido, Strangman era mitad bucanero, mitad demonio. Sin embargo, desempeñaba además un papel neurótico y casi parecía una influencia positiva, alzando un espejo admonitorio ante Kerans, poniéndolo en guardia acerca del futuro. Kerans reconocía que eso lo ataba de algún modo a Strangman, pues, si no, hubiera dejado hacía tiempo las lagunas y se hubiese encaminado hacia el sur.

—¿No será una fiesta de despedida, verdad? —le preguntó a Strangman—. No se irá usted.

—Claro que no, Kerans —replicó Strangman—. Acabamos de llegar. Por otra parte, ¿adónde iríamos? Ya no queda mucho... Le diré: a veces me siento como Flebas, el fenicio. Aunque este es el papel que interpreta usted, ¿no es cierto?

Una corriente submarina
recogió sus huesos murmurando.
Mientras ascendía y caía
pasó las etapas de su madurez y juventud
y entró al remolino.

Strangman continuó insistiendo a Kerans hasta que este aceptó la invitación, tras lo cual se marchó muy contento. Kerans terminó el café de la jarra. Al cabo de un rato se sintió mejor, subió las persianas y dejó entrar la brillante luz del sol.

Fuera, desde la silla de la terraza, un lagarto blanco y atento lo miraba con ojos pétreos, esperando a que algo ocurriera.

Esa noche, mientras atravesaba la laguna hacia el barco de ruedas, Kerans se preguntó qué clase de «sorpresa» habría preparado Strangman, esperando que no fuese una broma de mal gusto. Había tenido que hacer un gran esfuerzo para afeitarse y ponerse una chaqueta blanca y ahora se sentía agotado.

En la laguna, los preparativos eran considerables. El buque almacén estaba anclado a cincuenta metros de la orilla, adornado con toldos y luces de colores, y las dos lanchas trabajan de forma sistemática a lo largo de la costa, llevando los caimanes hacia la laguna central.

Kerans apuntó a un caimán enorme que batía el agua en medio de un círculo de bicheros y le dijo a Big Caesar, que manejaba el timón:

—¿Qué hay para cenar esta noche? ¿Caimán asado?

El gigantesco mulato jorobado se encogió de hombros con estudiada vaguedad:

—Strangman ha preparado un gran espectáculo para esta noche, señor Kerans, realmente grande. Ya verá.

Kerans dejó su asiento y se apoyó en el puente.

—Big Caesar, ¿cuánto tiempo hace que conoce al capitán?

—Mucho, señor Kerans. Diez años, quizá veinte.

—Es un hombre raro, ciertamente —continuó Kerans—. Cambia de humor a cada rato... Usted debe de haberlo notado, trabajando para él. A veces me asusta.

El mulato sonrió crípticamente.

—Tiene usted razón, señor Kerans —dijo, y rio entre dientes—. Tiene usted mucha razón.

Pero antes de que Kerans pudiera continuar con el tema, un megáfono los llamó desde el puente del buque almacén.

Strangman recibió a cada uno de los invitados en el extremo superior de la pasarela. Muy animado, no perdía el buen humor, y se deshizo en cumplidos elogiando el tocado de Beatrice. La muchacha lucía un vestido de noche de seda azul, y con la máscara turquesa que llevaba en las pestañas parecía una exótica ave del paraíso. Bodkin, por su parte, se había arreglado la barba, había encontrado en alguna parte una adecuada chaqueta de lino y se había anudado al cuello un viejo crespón que sustituía de algún modo a la corbata negra. Tanto él como Kerans, sin embargo, parecían amodorrados y distraídos y durante la cena siguieron la conversación con apatía.

Strangman no advirtió esto, en apariencia, o estaba demasiado entusiasmado y absorto y no le dio importancia. De cualquier manera, era evidente que había trabajado mucho en preparar el escenario. Habían extendido un toldo nuevo sobre el puente de mando, como una vela blanca y reluciente, y los bordes levantados permitían una visión ininterrumpida de la laguna y el cielo. Junto a la barandilla estaba la mesa de la cena, grande y circular, rodeada de divanes bajos de estilo egipcio ornamentados con espirales doradas, y de cabeceras de marfil. Unos platos de oro y plata, desiguales pero relucientes, adornaban la mesa. Casi todos ellos eran de grandes proporciones, y los tazones para enjuagarse los dedos, de bronce dorado, tenían el tamaño de palanganas.

Strangman había saqueado sus propios tesoros en un acceso de prodigalidad. Varias estatuas de bronce bruñido se alzaban detrás de la mesa sosteniendo bandejas de frutas y orquídeas, y sobre las bocas de aire, cerniéndose por encima de la mesa como un mural, había un cuadro enorme de algún pintor de la escuela de Tintoretto. El título de la obra era *El matrimonio de Ester y del rey Jerjes*, pero el tratamiento pagano y el fondo veneciano con los *palazzos* del Gran Canal, junto con los decorados y trajes del Cinquecento, hacían que pareciese más *El matrimonio de Neptuno y Minerva*, como era sin duda la intención de Strangman. El rey Jerjes, un dogo o almirante veneciano, viejo, de nariz ganchuda, parecía ya por completo domado por la púdica Ester, de cabellos lacios y negros, vaga pero perceptiblemente parecida a Beatrice. Mientras paseaba los ojos por la tela y los cientos de invitados de la boda, Kerans vio de pronto otro perfil familiar —la cara de Strangman entre las duras y crueles sonrisas del Consejo de los Diez—, pero al acercarse más a la pintura el parecido se desvaneció.

Las bodas se celebraban a bordo de un galeón junto al palacio del dogo, y los complicados aparejos de estilo rococó parecían continuar los cables y amarras del buque almacén. No solo había cierta semejanza entre los dos escenarios, subrayada por las dos lagunas y los edificios que emergían del agua; la heterogénea tripulación de Strangman podía haber salido también directamente del cuadro, con sus esclavos enjoyados y su capitán de gondoleros negro.

Sorbiendo el cóctel, Kerans le dijo a Beatrice:

—¿Te ves ahí, Bea? Strangman espera, evidentemente, que tú domines las aguas con la misma facilidad con que Ester pacificó al rey.

—¡Correcto, Kerans! —Strangman avanzó hacia ellos desde el puente—. Lo ha dicho usted muy bien. —Se inclinó—. Espero que acepte el cumplido, querida mía.

—Me siento muy halagada, por supuesto. —Beatrice se acercó al cuadro, examinó a su doble y luego se volvió en un giro de sedas y se quedó junto a la barandilla, mirando el agua—. Pero no estoy segura de querer interpretar ese papel, Strangman.

—Pues tendrá que interpretarlo, señorita Dahl, inevitablemente. —Strangman le indicó al camarero que atendiera a Bodkin, perdido en sus pensamientos, y luego le dio una palmada en la espalda a Kerans—. Créame, doctor, muy pronto verá...

—Magnífico. Ya estaba sintiéndome un poco impaciente, Strangman.

—¿Cómo es eso? ¿Después de treinta millones de años no puede esperar usted cinco minutos? Piense que estoy trayéndole a usted al presente.

Durante la comida Strangman vigiló el orden de los vinos, hablando con el Almirante cada vez que necesitaba dejar la mesa. Cuando sirvieron el coñac, se instaló con comodidad en su silla, y le guiñó un ojo a Kerans. Dos de las lanchas habían desaparecido en la desembocadura de un canal en el otro extremo de la laguna, y la tercera se había detenido en el centro desde donde disparaba unos pocos fuegos artificiales.

La luz del sol se proyectaba aún sobre el agua, pero la claridad era ya bastante débil. Los molinillos y los cohetes parpadeaban y resplandecían, y las explosiones se grababan con nitidez en el entintado cielo crepuscular. La sonrisa de Strangman era cada vez más amplia. Al fin el hombre se recostó en el diván, riendo entre dientes. Los resplandores rojos y verdes le iluminaban el rostro saturnino.

Incómodo, Kerans se inclinó hacia delante para preguntarle cuándo vendría la sorpresa, pero Strangman se le adelantó.

—Bueno, ¿no han notado nada? —Miró alrededor de la mesa—. ¿Beatrice? ¿Doctor Bodkin? Son lentos, ustedes tres. Salgan un rato del tiempo profundo.

Un curioso silencio levitaba sobre la nave, y Kerans, de manera involuntaria, se apoyó en la barandilla pensando que Strangman podía hacer estallar una carga submarina. Miró entonces la cubierta inferior y vio de pronto a los veinte o treinta miembros de la tripulación que contemplaban la laguna, inmóviles. Los rostros de ébano y las camisetas blancas llameaban a la luz de los fuegos, y los hombres parecían tripulantes de un barco fantasma.

Intrigado, Kerans examinó el cielo y la laguna. La noche caía con rapidez y frente a ellos la barrera de edificios se hundía ya en la oscuridad. Al mismo tiempo, el cielo era claro y visible en el oeste, y la luz brillaba en las copas de los árboles.

Un martilleo grave sonaba en algún sitio, a lo lejos: las bombas neumáticas que habían funcionado todo el día y que apenas se habían oído, en los intervalos de las exhibiciones pirotécnicas. Alrededor del barco el agua parecía curiosamente plana, mortecina, sin las ondas que la solían turbar. Preguntándose si una *troupe* de caimanes amaestrados haría una exhibición de natación submarina, Kerans clavó la mirada en la superficie del agua.

—¡Alan! ¡Mira! ¡Mira! Beatrice, ¿no lo ves? —Kerans echó atrás la silla y saltó hacia la baranda, señalando el agua, estupefacto—. ¡El agua está descendiendo!

Bajo la superficie diáfana asomaban los contornos oscuros y rectangulares de las casas, y las ventanas abiertas eran como órbitas vacías en enormes cráneos sumergidos. Emergían ahora de las profundidades como una inmensa Atlántida intacta. Primero una docena, y luego una veintena de edificios aparecieron a la vista: las cornisas y escalerillas de incendio claras y nítidas bajo el vidrio cada vez más delgado del agua. Eran parte del barrio de tiendas y oficinas de no más de cuatro o cinco pisos de altura, rodeadas por los edificios más altos que habían formado el perímetro de la laguna.

A cincuenta metros de distancia emergió del agua el

primer tejado: un rectángulo irregular cubierto de algas y malezas entre las que saltaban unos pocos peces desesperados. De inmediato una docena de tejados asomaron alrededor, delineando una callejuela. Aparecieron las primeras cornisas, desde las que se precipitaba el agua, con algas que colgaban de los cables sobre la calle.

La laguna había desaparecido ya. La nave descendió con lentitud a lo que parecía una plazoleta. Alrededor se levantaban ahora unos techos, puntuados por chimeneas y torrecillas carcomidas. La superficie lisa se había transformado en una jungla de bloques cubistas que se confundía en los bordes con los terrenos más altos de la vegetación circundante. El resto del agua corría por canales oscuros y sombríos y se perdía en las esquinas y en las callejuelas.

—¡Robert! ¡Para eso! ¡Es horrible!

Kerans sintió que Beatrice le apretaba el brazo, clavándole las largas uñas azules a través de la manga de la chaqueta. La muchacha miraba la ciudad con una expresión de repulsión en la cara, tensa, echando hacia atrás la cabeza como queriendo alejarse del olor acre de las plantas acuáticas, las algas y los hierros corroídos. De los alambres telegráficos entrecruzados y los letreros de neón torcidos colgaban velos de porquería, y una capa delgada de barro cubría los frentes de los edificios, transformando la límpida belleza de la ciudad sumergida en una cloaca seca y pestilente.

Durante un rato Kerans trató de pensar con claridad, luchando con esa inversión total del mundo cotidiano, incapaz de aceptar la lógica de ese renacimiento que había ocurrido ante él. Se preguntó en un principio si no habría habido una reversión climática que causaba ahora que los mares se retirasen. Si era así tendría que tomar el camino de vuelta hasta este nuevo presente, pues de otro modo quedaría abandonado a millones de años de distancia, a orillas de algún lago triásico. Sin embargo, el gran sol le martilleaba aún la mente, con la misma fuerza que antes.

—Esas bombas son poderosas —dijo Bodkin a su lado—. El agua está descendiendo casi un metro por minuto. Ya no estamos lejos del fondo. ¡Es fantástico!

Una risa se alzó en el aire cada vez más oscuro. Strangman, tendido aún en el diván, se secó los ojos con una servilleta. Libre de la tensión de los preparativos, disfrutaba ahora mirando los tres rostros estupefactos sobre la baranda. Arriba, en el puente, el Almirante observaba la escena, entretenido pero indiferente. La luz declinante se le reflejaba en el pecho desnudo, como en un gong. Abajo, dos o tres hombres tironeaban de unas amarras orientando el barco en la plazoleta.

Las dos lanchas que habían ido a la desembocadura del canal durante la exhibición de fuegos artificiales flotaban en ese momento detrás de un torrente, y una masa espumosa de agua salía por las dos bocas de las bombas. En seguida aparecieron unos techos que ocultaron la escena, y la gente de la nave alzó los ojos hacia los edificios de la plazoleta. Solo quedaban cinco o seis metros de agua. A unos cien metros, en el extremo de una callejuela, la tercera lancha avanzaba vacilante bajo los cables.

Strangman se serenó y se acercó a la barandilla.

—Perfecto, ¿no le parece, doctor Bodkin? Una verdadera broma, un espectáculo realmente soberbio. Vamos, doctor, no ponga esa cara, ¡felicíteme! No ha sido nada fácil.

Bodkin asintió, inclinando la cabeza, y se movió a lo largo de la barandilla, aún estupefacto.

—Pero ¿cómo pudo cerrar el perímetro? No hay un muro continuo alrededor.

—Sí ahora, doctor. Pensé que usted era el experto en biología marina. Los hongos han consolidado el barro, y durante la última semana el agua ha estado entrando por un solo sitio. Lo cerramos en cinco minutos.

Strangman contempló de forma animada las calles que asomaban a la luz pálida, los techos gibosos de los coches y autobuses que aparecían en la superficie. Las anémonas y estrellas de mar se sacudían débilmente en las aguas bajas, y unas algas colgaban inertes de las cornisas.

—Leicester Square —susurró Bodkin.

Strangman dejó de reír y se precipitó hacia Bodkin, mirando con ojos rapaces los pórticos con letreros de neón de los cines y teatros.

—¡Así que usted conocía el barrio, doctor! Qué lástima que no nos haya ayudado antes, cuando no sabíamos dónde buscar. —Lanzó una blasfemia y descargó el puño en la barandilla, y Kerans notó la reverberación en el codo. Bueno, qué importa, ¡ahora comienza la parte seria!

Con un gruñido, Strangman apartó de un puntapié la mesa de la cena y se alejó gritándole al Almirante.

Alarmada, Beatrice observó mientras se llevaba la delgada mano al cuello cómo Strangman desaparecía en la cubierta inferior.

—Robert, está loco. ¿Qué haremos? Secará todas las lagunas.

Kerans asintió con un movimiento de cabeza, pensando en la metamorfosis de Strangman. El humor del hombre había cambiado bruscamente tan pronto como las calles y los edificios sumergidos reaparecieron. Había abandonado todo rastro de su sofisticación y humor lacónico y se revelaba ahora ladino e insensible, era como si el espíritu renegado de los barrios bajos regresara a su mundo perdido. Parecía que la presencia del agua lo hubiese anestesiado, encubriendo su verdadero carácter, mostrando solo una encantadora y extravagante fachada.

Detrás de ellos, la sombra de un edificio de oficinas cruzaba la cubierta, dibujando una cortina oblicua de oscuridad sobre la escena. Solo se veían ahora unas pocas figuras: Ester y el capitán negro de los gondoleros, y una solitaria cara blanca, un miembro lampiño del Consejo de los Diez. De acuerdo con la profecía de Strangman, Beatrice había cumplido su papel simbólico y Neptuno había cedido, retirándose.

Kerans alzó los ojos hacia la masa redonda del laboratorio, posado en el techo del cine, detrás de ellos, como un peñasco enorme al borde de un acantilado. Los edificios más altos de las orillas, de unos veinticinco metros de altura, se elevaban en ese momento, ocultando la mitad del cielo, encerrando la nave en el fondo de un cañón.

—No importa mucho —contemporizó Kerans. Abrazó a Beatrice, sosteniéndola cuando la nave tocó fondo y se balanceó ligeramente, aplastando con la quilla un coche pequeño—. Cuando termine de saquear las tiendas y los museos, se irá de aquí. Además, la temporada de lluvias empezará dentro de un par de semanas.

Beatrice se sobresaltó. Los primeros murciélagos volaron entre los techos, de una cornisa goteante a otra.

—Pero todo es tan horrible. No puedo creer que alguien haya vivido aquí. Parece una ciudad imaginaria del infierno. Robert, necesito la laguna.

—Bueno, podríamos irnos y viajar hacia el sur por las planicies de barro. ¿Qué te parece, Alan?

Bodkin meneó la cabeza, mirando aún de forma inexpresiva los edificios oscuros de la plaza.

—Podéis iros vosotros. Yo tengo que quedarme.

Kerans titubeó.

—Alan —le advirtió con gentileza—, Strangman tiene ahora lo que necesita. No le servimos de nada. Pronto seremos unos huéspedes indeseables.

Bodkin ignoró a Kerans. Miró las calles, con las manos en la barandilla como un viejo apoyado en el mostrador de una enorme tienda donde ha ido a comprar recuerdos de infancia.

Las calles estaban casi secas. La lancha que se acercaba subió a una acera, retrocedió otra vez y al fin se detuvo en una isleta de la calzada. Guiados por Big Caesar los tres tripulantes saltaron a la calle y avanzaron hacia la nave con el agua a la cintura, chapoteando ruidosamente, excitados, salpicando los frentes de las tiendas.

Con una sacudida, el barco de ruedas se posó con firmeza en el fondo, haciendo estallar los cables y apartando los postes de telégrafo mientras Strangman y los tripulantes daban gritos y vítores. Echaron un botecito al agua, y acompañados por un coro de puños que golpeaban la barandilla, el Almirante y Strangman fueron hacia la fuente del centro de la plaza. Strangman desembarcó, sacó una pistola de bengalas de un bolsillo de la chaqueta, y con un grito de triunfo se puso a disparar salvas de colores al aire de la noche.

11

La balada del señor Huesos

Media hora más tarde, Beatrice, Kerans y el doctor Bodkin pudieron bajar a las calles. El agua escurría aún de los pisos bajos y se extendía en charcos poco profundos. En algunos sitios asomaban cien metros de empedrado seco, y en las calles exteriores las aguas se habían retirado por completo. Los peces y las plantas marinas morían en el pavimento, y una vasta capa de cieno negro cubría las alcantarillas y las aceras. Por fortuna, el agua había arrastrado el lodo, abriendo algunos senderos largos aquí y allá.

Guiados por Strangman, que corría vestido de blanco, disparando luces de bengala en las calles sombrías, los tripulantes avanzaban como una manada ruidosa. Los de delante llevaban en alto un tonel de ron. Los demás blandían botellas, machetes y guitarras. Unos pocos gritos de escarnio («¡Señor Huesos!») se apagaron alrededor de Kerans mientras ayudaba a Beatrice a bajar por la pasarela, y luego el trío se quedó solo en el silencio de la nave varada.

Mirando indeciso hacia la jungla, que se levantaba a lo lejos como el borde circular de un volcán apagado, Kerans se adelantó, cruzó la calle hacia los edificios más cercanos y se detuvo, junto con Beatrice y Bodkin, a la entrada de un cine. Unos erizos y pepinos de mar titilaban con timidez en el suelo de azulejos, y en lo que había sido la taquilla florecían racimos de estrellas de mar.

Beatrice se recogió la falda con la mano y avanzaron lentamente frente a los cines, cafés y salas de entretenimiento, ocupados ahora por colonias de moluscos y bivalvos. En la primera esquina giraron, alejándose de los gritos excitados que venían del otro lado de la plaza, y fueron hacia el oeste, descendiendo por cañadones oscuros y húmedos. Unas pocas luces de bengala seguían estallando arriba, y en los umbrales las delicadas esponjas cristalinas reflejaban de forma débil las luces rosadas y azules.

—Coventry Street, Haymarket...

Kerans leía los nombres en los postes herrumbrados de las calles. De pronto, Strangman y su manada cruzaron la plaza en un torbellino de luz y ruido, golpeando con los machetes los letreros arruinados de las tiendas, y Kerans entró con rapidez en un zaguán con Beatrice y el doctor Bodkin.

—Ojalá encuentren algo que los tranquilice —murmuró Bodkin.

Miró alrededor en busca del horizonte, como si buscara las negras y profundas aguas que antaño habían cubierto los edificios.

Durante algunas horas fueron de un lado a otro como espectros elegantes, sin rumbo, recorriendo las callejuelas, tropezando de vez en cuando con algún marinero que caminaba tambaleándose por el centro de la calle, borracho, llevando en una mano los restos de un vestido descolorido y un machete en la otra. En las esquinas ardían ahora unos leños, y unos pequeños grupos de tripulantes se calentaban allí las manos.

El trío evitó a estos hombres y se abrió paso por el laberinto de calles hacia la orilla meridional de lo que había sido la laguna. El edificio de Beatrice se elevaba en la oscuridad, perdiéndose entre las estrellas.

—Tendrás que subir los primeros diez pisos a pie —le dijo Kerans a Beatrice, y señaló el banco de sedimentos que subía en una pendiente cóncava y enlodazada hasta las ventanas del quinto piso, parte del inmenso macizo de barro coagulado que ahora rodeaba la laguna, formando, como había dicho Strangman, un dique impenetrable contra los asaltos del mar. En las calles laterales la enorme masa viscosa pasaba por encima de los tejados, metiéndose en los edificios vacíos.

Aquí y allá el perímetro del dique se apartaba de la orilla circular de la laguna para quedar apoyado en alguna construcción de mayores dimensiones, como una iglesia o un edificio del gobierno. Uno de estos puntos seguía el camino que habían tomado para llegar al planetario. Kerans aceleró automáticamente el paso y poco después tuvo que esperar a los otros, que se habían detenido a mirar los escaparates de las tiendas o el barro negro que descendía por las escaleras mecánicas hasta acumularse en la calle.

Había barricadas incluso en los edificios más pequeños, y las rejas y barras de acero obstruían los umbrales. Una fina capa de cieno cubría todas las cosas, ocultando la gracia y el carácter que en otro tiempo podían haber tenido las calles, de modo que la ciudad entera parecía haber resucitado al salir de sus propias cloacas. Si había alguna vez un día del Juicio Final, los ejércitos de los muertos se levantarían probablemente envueltos en ese mismo manto sucio.

—Robert...

Bodkin tomó a Kerans por el brazo y señaló la calle oscura que se abría ante ellos. A unos cincuenta metros se encontraba la sombría cúpula de metal del planetario, apenas visible a la luz intermitente de los cohetes distantes. Kerans se detuvo, examinó las aceras y los faroles y se adelantó, titubeando, hacia el panteón que guardaba tantos de sus propios terrores y enigmas.

Cruzaron despacio los bancos de barro que se extendían a lo largo de la calle. Unas esponjas fláccidas y unos hilos de algas rojas cubrían la acera a la entrada del planetario. Las frondas de algas fantasmales que habían drapeado la cúpula ondeaban en ese momento sin fuerza sobre el pórtico, como los restos desflecados de un toldo. Kerans estiró el brazo apartando las algas y atisbó el interior del vestíbulo en sombras. El barro espeso y negro que cubría las taquillas, la escalinata de la plataforma, los muros y los paneles de las puertas siseaba débilmente: la vida marina moría allí en una lenta contracción de vejigas de aire y sacos inflados. El manto de terciopelo que había visto el día del descenso era ahora un sudario de formas orgánicas putrefactas. El umbral traslúcido del útero se había transformado en la boca de un depósito de inmundicia.

Kerans dio unos pocos pasos por el vestíbulo recordando el arco crepuscular del auditorio y aquel raro zodíaco, y sintió que un fluido oscuro se abría camino en el barro y le corría entre los pies como la sangre de una ballena.

Tomó con rapidez el brazo de Beatrice y todos salieron a la calle.

—Temo que el encantamiento se haya roto —comentó inexpresivamente, riendo de mala gana—. Supongo que Strangman diría que el suicida no vuelve nunca al escenario del crimen.

Buscando un atajo se encontraron de pronto en un tortuoso callejón sin salida. Habían comenzado a retroceder cuando un caimán pequeño se abalanzó hacia ellos desde un charco. Deslizándose entre las carrocerías oxidadas de unos automóviles, llegaron otra vez a la calle, seguidos por el caimán. La bestia se detuvo junto a un poste, al borde de la acera, sacudiendo la cola y abriendo y cerrando las mandíbulas. Kerans se puso detrás de Beatrice y echaron a correr. Habían cubierto diez metros cuando Bodkin tropezó y cayó como un fardo, en un banco de barro.

—¡Alan! ¡Rápido!

Kerans se volvió hacia Bodkin. El caimán avanzaba balanceando la cabeza. Atrapado en las calles, lejos del agua, parecía furioso y decidido a atacar.

De pronto se oyó una descarga de fusilería, y unas llamas acuchillaron el aire, sobre la calle. Un grupo de hombres apareció en una esquina, llevando antorchas. Por delante iba la figura pálida de Strangman, y detrás el Almirante y Big Caesar, con fusiles al hombro.

Strangman se inclinó ante Beatrice y luego saludó a Kerans. Los ojos le brillaban a la luz de las antorchas. El caimán, con la espina dorsal rota, se sacudía impotente en la calle, descubriendo el amarillo vientre. Big Caesar sacó un machete y empezó a golpear la cabeza del animal.

Strangman observó la escena, complacido.

—Bestia horrible —comentó, y sacó del bolsillo un pesado collar de obsidiana, todavía con algas incrustadas y se lo tendió a Beatrice—. Para usted, querida. —Ordenó hábilmente las vueltas del collar en el cuello de Beatrice y se quedó mirándolo, satisfecho. Las piedras centelleaban entre las algas y la muchacha parecía una náyade de los abismos—. Y todas las otras joyas de este mar muerto.

Strangman saludó otra vez con una reverencia y partió en seguida. Las antorchas se perdieron en la oscuridad junto con los gritos de los hombres. Kerans, Bodkin y Beatrice se quedaron solos, en la calle silenciosa, con las piedras blancas y el caimán decapitado.

En los días siguientes, los acontecimientos parecieron más disparatados aún. Cada vez más desorientado, Kerans vagaba solo de noche por las calles oscuras —de día la temperatura era insoportable en el laberinto de callejuelas—, incapaz de deshacerse de los recuerdos de la vieja laguna y sintiéndose, a la vez, encerrado en las calles desiertas y los edificios vacíos.

Después de la primera impresión de sorpresa ante la desaparición de las aguas había empezado a hundirse en un estado de inercia abúlica del que no podía salir. Comprendía oscuramente que la laguna había significado para él todo un complejo de necesidades neurónicas que no podían satisfacerse por ningún otro medio. Este letargo entumecedor era cada vez más profundo y la violencia de alrededor no lo alteraba de ningún modo. Kerans se sentía cada vez más como un náufrago abandonado en el mar del tiempo, enclaustrado en una masa de realidades disonantes de las que estaba separado por un abismo de millones de años.

El gran sol que le golpeaba la mente ahogaba casi los sonidos del saqueo y las borracheras, el estruendo de los explosivos y de las armas de fuego. Entraba en las viejas arcadas y portales y salía de ellos como un hombre ciego, con la chaqueta blanca manchada y sucia. Los hombres de Strangman pasaban a veces a su lado y se burlaban de él palmoteándole los hombros.

A medianoche Kerans marchaba entre los tripulantes que cantaban a gritos en la plaza y se sentaba junto a Strangman, al amparo del barco de ruedas, y observaba los bailes y escuchaba los tambores y las guitarras, y —sobre esos sonidos— el martilleo insistente del negro sol.

Había abandonado toda tentativa de regresar al hotel —las dos lanchas y las bombas bloqueaban el arroyo, y en la laguna intermedia pululaban los caimanes— y se pasaba las horas del día durmiendo en un sofá en los aposentos de Beatrice o sentado en algún rincón tranquilo de la cubierta de la nave. Los tripulantes dormían entonces entre las cajas o discutían acerca del botín, esperando con malhumorada impaciencia la caída de la tarde, y lo dejaban en paz. Por una inversión de la lógica era más prudente quedarse cerca de Strangman que tratar de vivir aislado como antes. Bodkin había elegido esto último y vivía en un estado de creciente depresión en el laboratorio, al que subía mediante el auxilio de una arruinada escalerilla de incendios, pero en uno de sus paseos nocturnos por las calles del barrio de la universidad, detrás del planetario, había caído en manos de un grupo de tripulantes que lo habían maltratado. Al no alejarse del buque almacén Kerans parecía admitir de alguna manera la autoridad absoluta de Strangman en los dominios de la laguna.

En una ocasión hizo un esfuerzo y visitó a Bodkin. El doctor descansaba tranquilamente en la cabina. Un ventilador casero y el aire acondicionado cada vez más débil refrescaban un poco el ambiente. Como Kerans, Bodkin parecía vivir aislado en un pequeño acantilado de realidad en el centro del mar del tiempo.

—Robert —murmuró moviendo apenas los labios hinchados—, vete de aquí. Llévatela, a la muchacha —titubeó, tratando de recordar el nombre—, Beatrice, y busca otra laguna.

Kerans asintió con un movimiento de cabeza encogiéndose en el estrecho chorro de aire fresco que el aire proyectaba.

—Ya lo sé, Alan. Strangman está loco y es un hombre peligroso, pero por alguna razón no puedo irme todavía. No sé por qué, pero hay algo aquí... Esas calles desnudas. —Kerans reflexionó un momento—. No sé qué es. Siento que llevo un extraño íncubo en la mente. Antes tengo que sacármelo de encima.

Bodkin alcanzó a sentarse.

—Kerans, escucha. Llévatela y márchate. Esta noche. Ya no hay tiempo aquí.

Abajo, en el laboratorio, una espuma seca de color castaño pálido cubría el vasto semicírculo de los diagramas progresivos, el zodíaco neurónico y desmembrado de Bodkin, y velaba las mesas de trabajo y los armarios. Kerans pensó un momento en poner otra vez en su sitio los gráficos que habían caído al suelo, pero renunció en seguida a la idea. Se pasó la hora siguiente lavando la chaqueta de seda blanca en el agua que había quedado en una pila.

Imitándolo quizá, varios de los tripulantes llevaban chaquetas de etiqueta y corbatas negras de lazo. Habían encontrado en una de las tiendas unas cajas impermeables que contenían ropa de noche, e instigados por Strangman media docena de marineros se habían puesto las corbatas en los cuellos desnudos y recorrían alegremente las calles sacudiendo los faldones de las chaquetas, haciendo cabriolas como una tropa de camareros lunáticos en una feria de derviches.

Tras el desorden inicial, el saqueo tomó un carácter más serio. Strangman, por motivos que quizá solo él conocía, no parecía interesado sino en objetos de arte, y después de una cuidadosa investigación descubrió uno de los museos principales de la ciudad. Pronto comprobó, sin embargo, que casi todas las piezas ya habían sido retiradas, y solo pudo llevarse un vasto mosaico que los marineros desmontaron losa por losa de la pared del vestíbulo y que depositaron luego en la cubierta de observación de la nave como un gigantesco rompecabezas.

Kerans pensó entonces en advertir a Bodkin, pues Strangman podía desahogar su mal humor en el doctor, pero cuando a la tarde siguiente subió al laboratorio descubrió que Bodkin había desaparecido. El combustible del aire acondicionado se había agotado, y Bodkin, quizá de forma deliberada, había abierto las ventanas antes de irse, de modo que todo el laboratorio humeaba ahora como un caldero al fuego.

Curiosamente, la desaparición de Bodkin no preocupó mucho a Kerans. Hundido como siempre en sí mismo, imaginó que el biólogo había seguido sus propios consejos y se había ido a las lagunas del sur.

Beatrice, sin embargo, seguía todavía allí. Como Kerans, vivía ahora en el claustro de un ensueño privado. Kerans la veía en la casa durante el día, pues la muchacha no salía entonces, pero a la medianoche, cuando el aire era un poco más fresco, dejaba el edificio, bajo el cielo estrellado y se unía a las fiestas de Strangman. Se sentaba en silencio junto a él, vestida siempre con el traje de noche azul, luciendo tres o cuatro de las tiaras que Strangman había sacado de las cajas fuertes de las viejas joyerías, con los pechos aplastados bajo una masa de collares centelleantes, como una reina loca en una historia de terror.

Strangman la trataba siempre con una rara deferencia, aunque también con algo de hostilidad cortés, casi como si Beatrice fuese un tótem tribal, una deidad con el poder de otorgar o negar la buena fortuna, pero no por eso más amada. Kerans trataba de no alejarse de la órbita protectora de Beatrice, y en la noche en que descubrió la desaparición de Bodkin se inclinó hacia ella por encima de los almohadones y le dijo:

—Alan se ha ido. El viejo Bodkin. ¿Lo viste antes de que se marchara?

Pero Beatrice no apartó los ojos del fuego que ardía en la plaza, y sin mirar a Kerans dijo vagamente:

—Escucha los tambores, Robert. ¿Cuántos soles crees que hay ahí?

Strangman parecía más raro que nunca esa noche. A veces bailaba alrededor del fuego, incitando a los hombres de los tambores a que tocaran con más rapidez y obligando a Kerans a que lo acompañase. Luego, agotado, con la cara del color de la tiza azul, se echaba en el diván.

Apoyándose en un codo, miraba sombríamente a Kerans, sentado en cuclillas en un almohadón, detrás del diván.

—¿Sabe por qué me temen, Kerans? El Almirante, Big Caesar y los otros. Permítame que le diga mi secreto. —En seguida, en un suspiro—: Porque creen que estoy muerto.

Sacudido por un espasmo de risa, se dejó caer de nuevo en el diván.

—Oh, ¡Dios mío, Kerans! ¿Qué les pasa a ustedes dos? Salgan de este trance. —Alzó los ojos. Big Caesar se acercaba quitándose la cabeza de caimán que llevaba como una caperuza—. Sí, ¿qué ocurre? ¡Magnífico! ¿Ha oído, doctor? ¡Adelante entonces con *La balada del señor Huesos*!

El negro se aclaró la garganta y empezó a cantar con una voz grave y gutural, moviendo el cuerpo y gesticulando.

Al señor Huesos le encantan los hombres secos.
Conquistó a la chica de las bananas
con tres astutos profetas.
La muchacha lo enloqueció, lo ahogó en vino de serpiente.
El viejo rey de los caimanes
nunca había oído tantos pájaros en el pantano.

El señor Huesos fue a pescar cráneos
por el arroyo del Ángel, donde viven los hombres secos.
Cogió su caparazón de tortuga
y aguardó la capilla flotante.
Tres profetas atracaron,
un mal augurio.

El señor Huesos vio a la bella muchacha
y le cambió el caparazón por dos bananas.
La abrazó como a un mangle ardiente.
Lo vieron los profetas,
y ahora no hay hombre seco que quiera al señor Huesos.

El señor Huesos bailó para la bella muchacha.
Y construyó una casa de banana
para su amorosa cama...

Dando un grito, Strangman saltó del diván, pasó corriendo junto a Big Caesar hacia el centro de la plaza, alzando la mano y señalando la muralla que rodeaba la laguna. Recortada contra el cielo del poniente, la pequeña figura rechoncha del doctor Bodkin avanzaba despacio por el lomo del dique que retenía las aguas del canal. No había advertido que lo habían visto desde abajo y siguió caminando. Llevaba en la mano una caja, de la que pendía un cable que centelleaba débilmente.

—¡Almirante! ¡Big Caesar! ¡Alcáncenlo! ¡Tiene una bomba!

El grupo se deshizo de forma desordenada. Todos salvo Beatrice y Kerans corrieron por la plaza. Dispararon los fusiles desde la derecha y la izquierda y Bodkin se detuvo titubeando, y la mecha le chispeó entre las piernas. Dio entonces media vuelta y empezó a retroceder a lo largo de la muralla.

Kerans se incorporó de un salto y echó a correr detrás de los otros. Cuando llegó al perímetro unas luces de bengala subían estallando en el aire, desparramando fragmentos de magnesio sobre el pavimento. Big Caesar disparaba su fusil por encima de Strangman y el Almirante, que trepaban por una escalera de incendios. Bodkin había dejado la bomba en el centro del dique y corría en ese momento por los tejados.

Strangman saltó desde el último peldaño hasta el dique y en una docena de pasos alcanzó la bomba y la lanzó de un puntapié al centro del arroyo. Se oyó un chapoteo y los de abajo lanzaron unos gritos de aprobación. Jadeando se abotonó la chaqueta y sacó un revólver del .38 que llevaba bajo el brazo. Una leve sonrisa le torcía la cara. Animado por los gritos de sus fieles partió detrás de Bodkin, que subía con dificultad al pontón del laboratorio.

Kerans escuchó distraídamente los últimos tiros, recordando la advertencia de Bodkin. No le había hecho caso y no podía tenerle rencor. Caminó lentamente de vuelta a la plaza, donde Beatrice estaba sentada aún en el montón de almohadones, con la cabeza de caimán en el suelo, frente a ella. Llegó junto a la muchacha y en ese momento oyó detrás las pisadas, cada vez más lentas y amenazadoras. Los hombres guardaban un raro silencio.

Kerans se volvió y vio a Strangman que se acercaba a pasos cortos, con una mueca en los labios. El Almirante y Big Caesar escoltaban a Strangman, blandiendo unos machetes. El resto de la tripulación se había desplegado y aguardaba, expectante, evidentemente complacida al ver que Kerans, el curandero de una tribu rival, iba a recibir su merecido.

—Ha sido algo bastante estúpido por parte de Bodkin, ¿no le parece, doctor? Y peligroso. Podría habernos ahogado a todos. —Strangman se detuvo a unos pasos de Kerans, mirándolo pensativo—. Usted conocía bien a Bodkin. Me sorprende que no haya previsto lo que iba a ocurrir. No sé si me conviene correr más riesgos con biólogos locos.

Iba a hacerle una seña a Big Caesar cuando Beatrice se incorporó de un salto y corrió hacia Strangman.

—¡Strangman! Por favor, basta con uno. Sabe muy bien que no podemos hacerle daño. Tome, ¡puede quedarse con todo esto!

Se quitó a tirones el amasijo de collares y las tiaras del pelo y se las arrojó a Strangman. Gruñendo, colérico, Strangman apartó las joyas de un puntapié, y Big Caesar pasó junto a Beatrice blandiendo el machete.

—¡Strangman! —Beatrice se arrojó hacia Strangman, tropezó, lo tomó por las solapas y casi lo arrastró al suelo—. Demonio blanco, ¿no puede dejarnos en paz?

Strangman la empujó a un lado, apretando los dientes, jadeando. Miró con ojos desorbitados a la mujer desgreñada, de rodillas entre las joyas, e iba a indicarle a Big Caesar que siguiera adelante cuando un movimiento espasmódico le contrajo la mejilla derecha. Se golpeó la cara con la mano abierta, tratando de alejar el temblor como si fuese una mosca, y torció el gesto. Durante un momento boqueó de un modo grotesco, como un hombre atacado de tétano. Big Caesar, que había advertido la indecisión de su amo, se detuvo entonces, y Kerans retrocedió a las sombras del buque almacén.

—¡Muy bien! Dios, qué...

Strangman murmuró algo entre dientes y se estiró la chaqueta. El tic era ahora más débil. Miró a Beatrice asintiendo lentamente con la cabeza, como diciéndole que cualquier futura intercesión sería ignorada, y luego le gritó una orden a Big Caesar. Dejaron los machetes a un lado, pero antes de que Beatrice pudiese protestar otra vez, la manada entera se había lanzado hacia Kerans, gritando, aullando y batiendo palmas.

Kerans trató de esquivar a los hombres, examinando el círculo de rostros que sonreían mostrando los dientes, y preguntándose si esto no sería una payasada con la que pretendían descargar la tensión provocada por la muerte de Bodkin, administrando al mismo tiempo una saludable reprimenda. Se refugió detrás del diván de Strangman y se encontró con el Almirante, que le cerraba el paso saltando de un lado a otro, calzado con zapatillas blancas de tenis, moviéndose como un bailarín. De pronto el Almirante dio un salto y lanzó un puntapié a la pierna de Kerans. Kerans cayó sentado pesadamente en el diván, y una docena de brazos morenos y oleosos lo tomaron por el cuello y los hombros, y haciéndolo girar en el aire lo depositaron en el empedrado. Kerans trató inútilmente de librarse de los hombres y vio a lo lejos a Strangman y Beatrice, que miraban desde lejos, jadeantes. Tomándola firmemente por el brazo, Strangman llevaba a la muchacha hacia la pasarela.

Luego le aplastaron a Kerans un almohadón de seda contra la cara, y unas palmas duras empezaron a martillearle la nuca.

12

El festín de las calaveras

—¡El festín de las calaveras!

Alzando el cáliz a la luz de las antorchas, y derramándose el líquido ambarino sobre el traje, Strangman lanzó un grito de alegría y bajó de la fuente de un brinco. La carreta entró bamboleándose por la calle empedrada. Empujada por seis marineros sudorosos, que caminaban encorvados entre las barras, traqueteó y se sacudió en las cenizas moribundas de las hogueras, y acompañando un último y acelerado *crescendo* de los tambores golpeó el borde de la plataforma y volcó la carga blanca y centelleante sobre las maderas y a los pies de Kerans. Inmediatamente a Kerans lo rodeó un coro de cantores de dientes blancos que relucían de pronto en el aire como dados demoníacos. Los hombres palmeaban rítmicamente y meneaban las caderas y golpeaban el suelo con los talones. El Almirante se adelantó, abriéndose paso entre el torbellino de cuerpos, y Big Caesar, sosteniendo en alto un tridente con un fardo de algas rojas y verdes, trepó a la plataforma, y con un gruñido ronco arrojó las frondas húmedas al aire y sobre el trono.

Kerans se inclinó hacia delante, tratando de evitar la cascada agridulce que le caía sobre la cabeza, y la luz cambiante de las antorchas se reflejó un momento en los brazos dorados del trono. El ritmo de los tambores que sonaban alrededor prácticamente exorcizaba el más profundo latido que le retumbaba en la mente, y Kerans se dejó caer, sujetado solamente por las ligaduras de las muñecas, ajeno al dolor, mientras perdía y recuperaba el conocimiento. A sus pies, en la base del trono, la cosecha de huesos rotos brillaba blanca como el marfil: tibias y fémures delgados, escápulas que parecían palas gastadas, un montón de costillas y vértebras y hasta dos calaveras bamboleantes. La luz centelleaba en los cráneos pelados, y parpadeaba en las órbitas vacías saltando desde los tazones de queroseno alineados a lo largo del corredor de estatuas que cruzaba la plaza hacia el trono. Los bailarines serpenteaban en una larga línea entre las ninfas de mármol. Strangman marchaba al frente haciendo cabriolas y los percusionistas giraban en sus asientos atentos a los movimientos de la danza.

Aprovechando un momento de tregua, mientras los músicos daban la vuelta a la plaza, Kerans se apoyó en el respaldo de terciopelo, tratando, automáticamente, de alzar las muñecas atadas. Las algas le colgaban desde la corona de latón que Strangman le había sujetado a la frente. Casi secas ahora, exudaban un olor dulzón y le cubrían los brazos de modo que solo se le veían unos pocos andrajos de la chaqueta. Al borde de la plataforma, más allá del montón de huesos y botellas de ron, había otras plantas marinas, y unos restos de moluscos y estrellas de mar desmembradas con que habían apedreado a Kerans antes de encontrar el mausoleo.

Detrás de Kerans, a cinco metros, se alzaba el casco oscuro del buque almacén. Unas pocas luces brillaban aún en las cubiertas. Las fiestas se sucedían desde hacía dos noches, cada vez más desenfrenadas, y parecía que Strangman estaba decidido a agotar a su tripulación. Kerans se sentía flotar, impotente, en un ensueño oscuro. El ron que le echaban en la garganta (la peor humillación posible: ahogar a Neptuno en un mar todavía más mágico y poderoso) le calmaba de algún modo el dolor de los golpes, que emborronaba la plaza, sumida en una niebla de sangre y escotoma. Percibía apenas las muñecas en carne viva y el cuerpo lacerado, pero seguía interpretando estoicamente el papel de Neptuno que le habían asignado, aceptando con paciencia las afrentas y abusos de los tripulantes, que descargaban así el miedo y el odio que sentían por el mar. Era este papel, o esta caricatura, lo que salvaba a Kerans. Strangman, cualesquiera que fuesen sus motivos, parecía resistirse a matarlo, y la tripulación reflejaba esta irresolución presentando siempre los insultos y torturas como bromas hilarantes y grotescas, fingiendo que traían una ofrenda a un dios cuando le arrojaban algas a la cara.

La serpiente de bailarines reapareció y formó otra vez un círculo alrededor de Kerans. Strangman salió del centro (era evidente que se resistía a acercarse a Kerans, temiendo quizá que la frente y las muñecas ensangrentadas le hicieran comprender la brutalidad de la broma) y Big Caesar se adelantó con aquella cara llena de bultos y prominencias que parecía la cabeza inflamada de un hipopótamo. Moviéndose al compás de los bongos sacó un cráneo y un fémur de la pila de huesos que rodeaba el trono y empezó a tocar para Kerans golpeando en distintos puntos los temporales y el occipital y obteniendo así una tosca octava craneana. Otros hombres se le unieron, y al matraqueo de fémures y tibias, radios y cubitos, se inició la enloquecida danza de los huesos. Débilmente, consciente apenas de los rostros que sonreían torciendo la boca, y que lo miraban a veces desde no más de medio metro de distancia, Kerans esperó a que el baile terminara. Luego se echó hacia atrás y cerró los ojos mientras una salva de luces de bengala estallaba en el aire e iluminaba un momento la nave y los edificios de alrededor. La señal indicaba el fin de la fiesta y la iniciación de otra noche de trabajo. Dando un grito, Strangman y el Almirante interrumpieron al grupo de bailarines. Se llevaron la carreta —las llantas de metal tintinearon en el empedrado— y apagaron las antorchas de queroseno. Un minuto después la plaza estaba a oscuras y desierta, y las últimas ascuas de las hogueras brillaban entre los almohadones y los tambores, reflejándose de forma intermitente en las patas doradas del trono y en los huesos blancos.

De cuando en cuando, un grupo de saqueadores reaparecía en la plaza nocturna, empujando la carreta. Dejaban en la nave el botín —una estatua de bronce o la sección de un pórtico— y desaparecían otra vez, ignorando la figura inmóvil y encorvada que estaba en el trono, entre las sombras. Kerans dormía entretanto, insensible a la fatiga y al hambre; pero despertó un momento, poco antes del alba, al filo fresco de la noche, y llamó a Beatrice. No la había visto desde que los hombres se le habían echado encima, después de la muerte de Bodkin, y presumía que Strangman la había encerrado en alguna cabina de la nave.

Al fin, tras el estrépito de tambores y luces de bengala que habían estallado en la noche, el alba se alzó sobre la plaza sombría, arrastrando tras ella la inmensa panoplia dorada del sol. Una hora después el silencio había vuelto a la plaza y a las calles de alrededor, y nada salvo el rumor del aire acondicionado de la nave le recordaba a Kerans que no estaba solo. De algún modo, había sobrevivido de milagro al día anterior, sentado en el trono y expuesto al sol del mediodía, protegido solamente por la capa de algas que le colgaban de la corona. Como un Neptuno varado, alzaba los ojos desde el simulado pabellón de algas y miraba la alfombra de luz brillante que cubría los huesos. En una ocasión había creído oír que en la nave se abría una escotilla, y había sentido que Strangman había salido de su cabina para mirarlo... Unos pocos minutos más tarde le arrojaban a la cara varios baldes de agua fría. Kerans sorbió fervorosamente las gotas frescas que le caían desde las algas a la boca como perlas heladas. Luego, casi en seguida, entró en un letargo profundo y despertó poco después de la puesta del sol, cuando iban a comenzar las fiestas de la noche.

Strangman bajó de la nave, vestido con su traje blanco, recién planchado, examinó críticamente a Kerans y en un raro acceso de piedad murmuró de pronto:

—Kerans, ¿cómo es posible que esté todavía vivo?

Fue esta observación lo que ayudó a Kerans a sobrellevar la segunda jornada, cuando el blanco manto del mediodía se extendió sobre la plaza en capas incandescentes, como planos de diferentes universos paralelos que el terrible calor había cristalizado, separándolos del continuo espaciotemporal. El aire le quemaba la piel como una llama. Miró distraídamente la estatua de mármol y pensó en Hardman, que ahora se movía probablemente entre pilares de luz, abriéndose paso hacia la boca del sol, y desapareciendo sobre las dunas de luminosas cenizas. El mismo poder que había salvado a Hardman parecía haberse revelado en el interior de Kerans, modificándole de algún modo el metabolismo para que pudiese sobrevivir al calor implacable. Los hombres lo miraban desde la cubierta. En una ocasión una salamandra de un metro de largo se escurrió entre los huesos hacia el trono, olisqueando a Kerans y mostrando los dientes afilados, como fragmentos de obsidiana. Una sola bala disparada desde la nave alcanzó al lagarto, que quedó convertido en una masa sanguinolenta que se retorcía convulsivamente a los pies de Kerans.

Como los reptiles inmóviles a la luz del sol, Kerans esperaba con paciencia a que terminara el día.

Strangman parecía otra vez estupefacto al descubrir que Kerans se bamboleaba en un delirio exhausto, vivo aún. Un temblor nervioso le torció la boca y echó una mirada irritada a Big Caesar y a los tripulantes que esperaban alrededor de la plataforma a la luz de las antorchas, tan sorprendidos como él mismo. Cuando Strangman gritó pidiendo que los tambores empezaran a tocar, la respuesta fue menos rápida que otras veces.

Decidido a quebrar de una vez por todas la resistencia de Kerans, Strangman ordenó que bajaran de la nave otros dos barriles de ron, esperando así liberar a los hombres del miedo que le tenían a Kerans y al símbolo en que se había convertido: el paternal guardián del mar. La plaza se pobló pronto con unas figuras que iban de un lado a otro gritando, tropezando, llevándose a la boca jarras y botellas, golpeando las pieles de los tambores. Acompañado por el Almirante, Strangman se movía con rapidez entre los grupos, incitándolos a nuevas extravagancias. Big Caesar se calzó la cabeza de caimán y trotó a cuatro patas por la plaza, seguido por una escandalosa banda de percusionistas.

Kerans esperaba cansadamente el final. Strangman ordenó que sacaran el trono de la plataforma y lo ataran al carro. Kerans descansó sin fuerza la cabeza en el respaldo mirando los flancos oscuros de los edificios mientras Big Caesar amontonaba los huesos y las algas a los pies del trono. Strangman dio un grito y la tronada procesión se puso en marcha. Luchando por encontrar un sitio entre las barras, doce hombres empujaron el carro llevándolo de derecha a izquierda por la plaza, y derribaron dos de las estatuas. Strangman y el Almirante corrieron junto a las ruedas, gritando, tratando inútilmente de detener a los hombres. El carro ganó velocidad en seguida, se metió en una callejuela y se deslizó por la acera antes de derribar un farol herrumbrado. Golpeando con los enormes puños las cabezas de pelo crespo de los hombres a su alrededor, Big Caesar se abrió paso hasta las barras delanteras, tomó una en cada mano y obligó a los hombres a aminorar la marcha.

Sentado allá arriba, en el trono oscilante, Kerans sintió que el aire fresco lo revivía. Observó la ceremonia a sus pies con un desinterés no del todo consciente, advirtiendo que recorrían de un modo sistemático todas las calles de la laguna seca, casi como si hubiesen secuestrado a Neptuno y lo llevaran ahora a santificar contra su voluntad los barrios de la ciudad sumergida que Strangman le había robado.

Pero poco a poco, a medida que el esfuerzo de empujar el carro les aclaraba las ideas y los obligaba a marchar al paso, los hombres que iban entre las varas se pusieron a cantar lo que parecía ser una vieja canción de esclavos haitiana, una melodía grave y susurrada que subrayaba una vez más los sentimientos ambivalentes que Kerans les inspiraba. Tratando de restablecer el propósito inicial del paseo, Strangman empezó a gritar blandiendo la pistola de bengalas, y después de algunos forcejeos consiguió que invirtieran la dirección del carro, de modo que ahora todos empujaban en vez de tirar. Cuando pasaron frente al planetario, Big Caesar se subió al carro de un salto, se aferró al trono como un gorila, se quitó la cabeza de caimán y se la colocó a Kerans sobre los hombros.

Cegado, y casi sofocado por el hedor fétido de la piel mal curtida, Kerans se bamboleó en el trono mientras la carreta recobraba velocidad. Los hombres que empujaban entre las varas, y que no podían ver por dónde iban, corrían ahora jadeando detrás de Strangman y el Almirante, perseguidos por Big Caesar, que los acuciaba con un aluvión de puñetazos y puntapiés. El carro cabeceó entre sacudidas hasta subirse a una acera y prácticamente volcarse, y se enderezó otra vez para luego precipitarse calle abajo. Cuando llegaban a una esquina, Strangman le gritó de pronto a Big Caesar. El enorme mulato se echó con todo su peso sobre la vara derecha y el carro dio media vuelta y subió a la acera. Durante cincuenta metros corrió con libertad mientras algunos de los hombres tropezaban con las piernas de los otros y caían al suelo, y al fin, con un estrépito de hierros y maderas, chocó con una pared y se volcó de costado.

Desprendido de sus amarras, el trono fue proyectado hacia delante y cayó en la calle en un banco de cieno. Kerans yacía de bruces. Había perdido la cabeza de caimán, pero estaba todavía atado al asiento. El barro húmedo había amortiguado el golpe. Dos o tres tripulantes habían caído también en el barro, abiertos de brazos y piernas, y se incorporaron lentamente. Una rueda delantera del carro giraba en el aire con un ruido sordo.

Riendo de forma convulsiva, Strangman palmeó las espaldas de Big Caesar y el Almirante hasta que el resto de la tripulación comenzó a reír también al fin, dándose codazos. Miraron el carro destrozado y luego se volvieron hacia el trono caído. Strangman le puso un pie encima, majestuosamente, meciendo el respaldo maltrecho. Se quedó así largo rato como para convencer a sus secuaces de que Kerans había perdido todo su poder, enfundó la pistola de señales y corrió calle abajo llamando a los otros. La manada se alejó, riendo y gritando.

Kerans se movió dolorosamente, atrapado debajo del trono, la cabeza y el hombro derecho medio hundidos en el barro. Pudo flexionar las muñecas al sentir que las ataduras se habían aflojado. Apoyando los hombros en el trono, trató de enderezarlo. Notó entonces que el brazo izquierdo del sillón se había desprendido del soporte vertical.

Apretó los dedos sobre la madera y empezó a correr las ligaduras una por una, lentamente, hacia la ensambladura suelta del brazo.

Cuando consiguió soltar la mano, la dejó apoyada en el suelo un momento, y luego se masajeó las mejillas y los labios amoratados y los músculos endurecidos del pecho y el vientre. Se volvió de costado y se puso a desatar los nudos de la mano derecha, a la luz intermitente de las bengalas.

Durante cinco minutos descansó, echado en el barro bajo el pesado trono, escuchando las voces distantes que se alejaban en las callejuelas, más allá del buque almacén. Las luces se apagaron poco a poco y la calle se transformó en un desfiladero silencioso. Los animáculos moribundos iluminaban los tejados con un tenue resplandor fosforescente y se extendían como un velo plateado sobre los edificios desecados, ahora ruinas espectrales de una ciudad antigua.

Arrastrándose bajo el trono, Kerans se incorporó tambaleante, cruzó la calle y se apoyó en la pared. La cabeza le martilleaba, y apretó la cara contra el muro fresco y todavía húmedo, mirando la calle por donde Strangman y sus hombres habían desaparecido.

De pronto, antes de que los ojos se le cerraran sin quererlo, vio dos figuras que se acercaban: una vestía de un familiar blanco, la otra era alta y cargada de hombros.

—¡Strangman! —murmuró Kerans.

Cerró la mano sobre el estuco suelto de la pared y se quedó inmóvil en las sombras. Los dos hombres estaban a cien metros de distancia, pero alcanzaba a ver que Strangman venía a paso decidido y que Big Caesar trotaba tras él. Algo brilló al rayo de luz de una bocacalle: una hoja plateada que pendía de la mano del mulato.

Tentando en la oscuridad, Kerans se deslizó a lo largo del muro, casi cortándose una mano en el vidrio roto de un escaparate. Unos pocos metros más allá había una galería que pasaba bajo los edificios y llegaba a una calle paralela del este, a cincuenta metros. Un barro negro de treinta centímetros de altura cubría el suelo y, agachado, Kerans trepó los escalones y atravesó lentamente el túnel oscuro hasta el otro extremo.

Esperó detrás de una columna, recobrando fuerzas, mientras Strangman y Big Caesar llegaban al trono. En la mano del gigante el machete no parecía mayor que una navaja. Strangman alzó una mano admonitoria antes de tocar el trono. Examinó con atención las calles, los muros y las ventanas de alrededor, volviendo la cara, flaca y blanca, a la luz de la luna. Luego le hizo una seña brusca a Big Caesar y volcó el trono con un movimiento del pie.

Mientras los dos hombres le injuriaban y maldecían, Kerans dio media vuelta a la columna y cruzó con rapidez la calle de puntillas hasta un callejón estrecho que desembocaba en el laberinto del barrio universitario.

Media hora más tarde Kerans entraba en un edificio de oficinas de quince plantas, en el perímetro de la laguna. Había un balcón estrecho en todos los pisos, y en la parte de atrás una escalera de emergencia llevaba por encima de los techos más bajos hasta la jungla y desaparecía al fin en los gigantescos bancos de barro que habían limitado la laguna. Las nieblas calientes de la tarde se habían condensado en charcos que cubrían el suelo de material plástico, y después de subir hasta el último corredor por la escalera principal, Kerans se tendió en el suelo y se lavó la cara y la boca, y se humedeció con cuidado las muñecas lastimadas.

Ninguna partida de búsqueda por las calles le dio caza. Antes que admitir la derrota (la mayoría de los tripulantes debía de interpretar así la desaparición de Kerans), Strangman, evidentemente, había aceptado la fuga como un hecho consumado, decidido a olvidar al biólogo, presumiendo quizá que ya habría partido hacia las lagunas del sur. Las brigadas de saqueadores recorrieron las calles toda la noche, celebrando los hallazgos con exhibiciones pirotécnicas.

Kerans descansó hasta el amanecer, acostado en un charco, dejando que el agua le empapara los andrajos de la chaqueta de seda que aún llevaba puesta y le sacara el hedor de las algas y el barro. Una hora antes del alba se levantó, se arrancó la chaqueta y la camisa y las escondió en una grieta de la pared. Desenroscó un portalámparas aún intacto y se puso a recoger agua en uno de los charcos limpios de la planta baja. Había obtenido así cerca de un litro cuando el sol asomó en la orilla oriental de la laguna. Luego atrapó un lagarto en un cuarto de baño y lo mató con un ladrillo. Utilizando como lente un trozo de cristal labrado encendió un fuego con unas maderas y asó la carne, dura y correosa. La devoró con avidez mientras sentía en la boca lacerada el sabor exquisito de la grasa caliente. Subió otra vez a la planta más alta y se retiró a una habitación auxiliar, detrás del cuarto del motor del ascensor. Después de haber asegurado la puerta con unas barras de hierro oxidado se echó en un rincón a esperar a que llegara la noche.

Los últimos rayos del sol se desvanecían ya sobre la laguna cuando Kerans se alejó en la balsa bajo las frondas de los helechos. Los árboles hundían las hojas en el agua, y el horizonte cobrizo y sanguíneo de la tarde era ahora violeta y azul. Más arriba, el cielo se abría en un embudo inmenso, de zafiro y púrpura, y unas espirales fantasmagóricas de nubes de coral, como estelas barrocas de niebla, señalaban el descenso del sol. Una onda oleosa perturbaba la superficie de la laguna, y el agua se pegaba a las hojas de los helechos como cera traslúcida. Cien metros más allá golpeaba perezosamente los restos del muelle, al pie del Ritz, moviendo unas pocas maderas sueltas. Las amarras unían aún sin fuerza los barriles de doscientos litros, que flotaban juntos como un grupo de caimanes jorobados. Por fortuna, los caimanes que Strangman había soltado en la laguna estaban todavía en sus nidos, entre las casas, o se habían dispersado por los arroyos vecinos en busca de comida, persiguiendo a las iguanas.

Kerans hizo una pausa antes de atravesar las aguas descubiertas adyacentes al Ritz, y examinó la costa y la desembocadura del arroyo temiendo que hubiera allí algún centinela de Strangman. Tras construir la balsa con dos tanques de agua había quedado mentalmente agotado, y esperó un tiempo antes de proseguir. Al acercarse al muelle advirtió que alguien había cortado las amarras con deliberación y que una embarcación pesada —el hidroavión quizá, que Strangman guardaba ahora en la laguna central— había aplastado la armazón de madera.

Metiendo la balsa entre dos de los tanques flotantes, Kerans saltó al balcón y subió con rapidez por la escalera, siguiendo las huellas de las pisadas en la fangosa alfombra azul que bajaba desde el techo.

Cuando Kerans llegó a su ático y abrió la puerta un trozo del panel de vidrio cayó y se hizo trizas a sus pies. Alguien había ido de un cuarto a otro, furioso, destrozando sistemáticamente cuanto estaba a la vista. Habían hecho pedazos el sillón Luis XV, habían arrancado las patas y los brazos y los habían arrojado contra las paredes interiores de cristal. La alfombra del suelo era un montón de largas tiras deshilachadas, y las tablas mostraban las huellas de los machetes. El escritorio yacía partido en dos, las patas tronchadas y el cuero de cocodrilo arrancado de los bordes. Los libros estaban tirados por el suelo, muchos con las hojas sueltas. Un aluvión de golpes había mellado los bordes dorados de la chimenea, y unas estrellas enormes de vidrio cubrían el espejo como explosiones congeladas.

Kerans caminó entre los restos y se asomó brevemente al balcón. Habían golpeado la tela de alambre hasta agujerearla. Las sillas de playa donde había descansado tantos meses eran un montón de astillas.

Como esperaba Kerans, la caja fuerte falsa, detrás del escritorio, estaba abierta y vacía. Fue al dormitorio y esbozó una sonrisa sutil. Los hombres de Strangman no habían descubierto la otra caja fuerte, detrás del espejo, sobre la cómoda. El cilindro mellado de la brújula, que había robado distraídamente en la base, y que señalaba aún el sur talismánico, yacía en el suelo junto al cristal de nieve del espejito circular. Kerans hizo girar con cuidado el marco rococó, soltó el cerrojo y movió el espejo hacia atrás para descubrir la cerradura intacta de la caja.

La oscuridad caía del aire arrojando unas sombras largas en el cuarto mientras los dedos de Kerans buscaban la combinación de la caja. Suspirando, aliviado, sacó con rapidez el pesado Colt 45, de color negro, y la caja de balas. Sentándose en la cama derruida, cargó el tambor y sopesó el arma. Se vació el resto de la caja en los bolsillos y volvió al vestíbulo apretándose el cinturón.

Mientras miraba el cuarto, comprendió que, paradójicamente, no le guardaba rencor a Strangman. Toda aquella destrucción y los recuerdos que tenía de la laguna evidenciaban en cierto sentido algo que había ignorado de forma tácita durante un tiempo, y que después de la llegada de Strangman y sus inevitables implicaciones había tenido que aceptar: la necesidad de abandonar la laguna y viajar hacia el sur. Había vivido demasiado tiempo en la laguna, y este ático con aire acondicionado y humedad y temperatura constantes, donde había contado con reservas de agua y comida, no era más que una forma encapsulada del ambiente en que había vivido antes, al que se había aferrado como un embrión que se resiste a abandonar su huevo. La ruptura de esta cáscara, como las preguntas que él mismo se había hecho acerca del sentido de su accidente en el planetario, donde había estado a punto de ahogarse, era el impulso que necesitaba para actuar, para salir al día más brillante del sol interior y arqueopsíquico. Ahora ya no podía esperar más. Ni el pasado, representado por Riggs, ni el presente de esa suite demolida podían brindarle una vida. El futuro se le había presentado hasta entonces como una elección llena de dudas, pero ahora su compromiso con él era absoluto.

El casco delgado y curvo de la nave se elevaba en el aire oscuro como el vientre aterciopelado de una ballena varada. Kerans se acurrucó a la sombra de la rueda de popa, ocultándose en el espacio que separaba dos de las palas —hojas de metal de cinco metros de largo y uno de ancho— y espió entre los eslabones de la cadena de transmisión, grandes como nueces de coco. Era cerca de la medianoche, y en ese momento la última de las patrullas de saqueo dejaba la pasarela. Otros tripulantes, con una botella en una mano y un machete en la otra, se alejaban por la plaza. En el empedrado se amontonaban de manera desordenada almohadones rotos y tambores, huesos y leños quemados.

Kerans esperó a que el último grupo se perdiera en las calles y luego se incorporó, asegurándose el Colt en el cinturón. Lejos, en el otro extremo de la laguna, estaba el edificio de Beatrice, con las luces apagadas. Kerans había pensado un momento en subir por las escaleras hasta el último piso, pero lo más probable era que Beatrice se encontrara a bordo, como huésped involuntaria de Strangman.

Arriba, una figura apareció en la borda y se retiró. Una voz distante gritó algo y otra replicó desde el puente. En la cocina se abrió entonces una escotilla y un balde de agua sucia cayó sobre la plaza. Bajo la quilla se había formado ya un charco de aguas residuales; estas pronto llenarían la laguna y la nave se alejaría, nuevamente a flote.

A cubierto bajo la cadena, Kerans trepó a la pala más baja y subió luego rápidamente por la curva escalera radial. La rueda se movió ligeramente, crujiendo y rotando unos pocos centímetros bajo el peso de Kerans. Kerans pasó al botalón de hierro de treinta centímetros de ancho que guardaba el eje de la rueda y se arrastró con lentitud hasta llegar a la borda. Se enderezó entonces y trepó por la barandilla. Una escalerilla estrecha llevaba en diagonal al puente de mando. Subió sin hacer ruido, deteniéndose un momento a la altura de las dos cubiertas intermedias y trató de ver si algún marinero insomne estaba asomado a la borda, mirando la luna.

Escondiéndose a sotavento de un bote pintado de blanco, aguardó un rato y luego avanzó a gachas de un ventilador a otro hasta llegar al tambor herrumbrado de una grúa, a pocos pasos de la mesa del banquete de Strangman. Habían desmontado la mesa, y los divanes estaban ahora alineados bajo el cuadro enorme, apoyado aún en los respiraderos.

Se oyeron otra vez unas voces, más abajo, y unos hombres bajaron a la plaza haciendo crujir la pasarela. En la distancia, sobre los tejados, una luz de bengala estalló un momento entre unas chimeneas. Luego Kerans se incorporó y fue hacia la escotilla que se hallaba detrás del cuadro.

De pronto se detuvo y su mano buscó la culata del Colt. A no más de media docena de metros, en la obra muerta del puente, el extremo encendido de un cigarro parecía flotar en el aire. De puntillas, y sin poder dar un paso hacia delante o hacia atrás, Kerans escudriñó las sombras alrededor del cigarro hasta que al fin distinguió la visera blanca del gorro del Almirante. Un instante después, el hombre le dio una calada al cigarro y la punta incandescente se le reflejó en los ojos.

Mientras los hombres cruzaban la plaza, el Almirante se volvió y examinó el puente de mando. Kerans alcanzó a ver sobre la baranda de madera el cañón de un fusil que el negro sostenía flojamente apoyando la culata en el codo. En seguida movió el cigarro en la boca y un cono de humo blanco se dispersó en el aire como polvo de plata. Durante dos o tres segundos el Almirante miró fijamente hacia Kerans —una silueta negra entre las otras figuras del cuadro—, pero pensó, en apariencia, que era parte de la composición de la obra. Luego entró en la cabina del puente, arrastrando los pies.

Kerans avanzó con pasos cuidadosos hacia el extremo del cuadro y se escondió detrás, en las sombras. De la escotilla salía un abanico de luz que cruzaba la cubierta. Agachándose, con el Colt en la mano, bajó los peldaños hacia la cubierta de juegos, mirando las puertas, atento a cualquier movimiento o a algún cañón de fusil entre las cortinas. Las habitaciones de Strangman estaban debajo del mismo puente, en el extremo de un rincón tras el bar.

Esperó junto a la puerta hasta que oyó el ruido de una bandeja de metal en la cocina. Quitó entonces el cerrojo, abrió la puerta y se internó en la oscuridad. Durante unos segundos esperó a que los ojos se le acostumbraran a la luz débil que se filtraba en la antesala a través de una cortina de abalorios a su derecha, escondido tras un armario que albergaba cartas de navegación. Había algunos mapas bajo el cristal que cubría la mesa situada en el centro del cuarto. Los pies descalzos de Kerans se hundieron en la mullida moqueta cuando salió de detrás del armario y miró entre los abalorios.

El cuarto, de casi diez metros de largo, era la habitación principal de Strangman, una cámara de paneles de roble, con divanes de cuero enfrentados en las paredes laterales y un globo terráqueo antiguo sobre un pedestal de bronce situado bajo una hilera de ojos de buey. Tres candelabros colgaban del techo, pero solo uno estaba encendido, en un extremo de la habitación, sobre una silla bizantina de respaldo alto con incrustaciones de vidrio emplomado. La luz de la lámpara brillaba sobre unas joyas que desbordaban de unas cajas de metal sobre mesas bajas dispuestas en u semicírculo.

Beatrice Dahl estaba sentada en la silla, con la cabeza apoyada en el respaldo. Tenía una mano extendida sobre una mesita de caoba junto a ella, y con ella sujetaba el fino fuste de una copa cuya boca estaba decorada con oro. El vestido de seda azul se le abría a los pies como la cola de un pavo real y unas pocas perlas y zafiros que se le habían caído de la mano izquierda le brillaban entre los pliegues como ojos eléctricos. Kerans titubeó, observando la puerta del otro extremo que comunicaba con el camarote de Strangman. Al fin apartó la cortina y los abalorios tintinearon.

Beatrice no se volvió. Resultaba evidente que estaba demasiado acostumbrada a ese sonido. Las cajas a sus pies estaban colmadas de joyas: brazaletes de diamantes, broches de oro, tiaras y pulseras de circones, collares de amatistas, pesados pendientes de perlas cultivadas que se derramaban sobre las bandejas dispuestas en el suelo como palanganas preparadas para recoger una lluvia de azogue.

Kerans contempló la vacía expresión de Beatrice, que miraba fijamente hacia delante como una figura de de cera, y durante un momento pensó que le habían dado alguna droga. Luego, con un gesto apático, la muchacha se llevó la copa de vino a los labios.

—¡Beatrice!

Sobresaltada, Beatrice se derramó el vino sobre la falda, alzó los ojos, y empezó a levantarse. Kerans apartó los abalorios, atravesó el cuarto con rapidez y tomó a Beatrice por el codo.

—¡Beatrice, espera! No te muevas todavía. —Probó la puerta, detrás de la silla, y descubrió que estaba cerrada con llave—. Strangman y su gente andan por las calles ahora. Me parece que solo el Almirante está en el puente.

Beatrice apretó la cara contra el hombro de Kerans y le tocó con las puntas de los dedos los moretones negros sobre la piel bronceada.

—¡Robert, ten cuidado! ¿Qué te han hecho? Strangman no me dejó mirar. —El alivio y la alegría que sentía al ver a Kerans se convirtió pronto en alarma. Miró ansiosamente alrededor—. Querido, déjame y escapa. Strangman no me hará daño.

Kerans meneó la cabeza y luego la ayudó a levantarse. Miró el elegante perfil de Beatrice, la boca suave y roja y las uñas pintadas, casi confundido por el perfume y el susurro del roce de la seda. Después de la violencia y la suciedad a que había estado expuesto los últimos días, se sentía como uno de aquellos exploradores andrajosos que habían descubierto la tumba de Nefertiti y tropezado con la máscara pintada con exquisitez en las profundidades de la necrópolis.

—Strangman es capaz de cualquier cosa, Beatrice. Está loco. Se han divertido conmigo en una especie de juego de lo más perturbador y casi me matan.

Beatrice se recogió el vestido, y las joyas que se le habían quedado en la tela rodaron por el suelo. A pesar de toda aquella pedrería, tenía las muñecas y el cuello desnudos, y solo se había puesto uno de sus broches de oro en la solapa del vestido.

—Pero Robert, aunque podamos salir...

—Calla. —Kerans se detuvo a unos pocos pasos de la cortina, mirando los hilos que oscilaban débilmente y se detenían otra vez, tratando de recordar si en la antecámara había algún ojo de buey abierto—. He construido una balsa pequeña, que podrá llevarnos bastante lejos. Luego descansaríamos y podríamos construir una mejor.

Se adelantó hacia la cortina cuando dos de los hilos de abalorios se separaron ligeramente y algo se movió entre ellos con la rapidez de una serpiente. Con un silbido, una hoja de plata de un metro de largo saltó en el aire hacia la cabeza de Kerans como una enorme guadaña. Kerans se agachó y sintió que el borde de la hoja le golpeaba el hombro derecho. Esta le abrió una herida de diez centímetros y luego la hoja se clavó en el panel de roble a sus espaldas, temblorosa y reluciente. Muda de terror y con los ojos desorbitados, Beatrice retrocedió, golpeó una mesa y tiró al suelo una caja de joyas.

Antes de que Kerans pudiera acercarse a Beatrice, un brazo enorme movió la cortina y la figura jorobada de Big Caesar ocupó el portal, bajando la cabeza y mirando a Kerans con su único ojo, como un toro antes de embestir. El sudor le corría por los músculos de los pectorales hasta llegar a mancharle los pantalones cortos verdes. En la mano derecha llevaba un cuchillo de treinta centímetros de largo, que apuntaba hacia el estómago de Kerans.

Kerans dio un paso hacia un costado empuñando el revólver, seguido por el ojo ciclópeo del negro. Pisó involuntariamente un collar y resbaló hacia atrás, tropezando con un sofá.

Apoyó una mano en la pared para estabilizarse y en ese momento Big Caesar se adelantó y el cuchillo se movió en el aire, describiendo un arco pequeño como la punta de una hélice. El rugido tremendo del Colt ahogó el grito de Beatrice. Sacudido por el retroceso del arma, Kerans se dejó caer en el sofá y observó al mulato, que se derrumbó en la puerta y soltó el cuchillo. Big Caesar borboteó un gruñido ahogado, y con una convulsión que expresaba todo su dolor y toda su frustración tiró de la cortina y la arrancó del montante. Los músculos hinchados del torso se le contrajeron por última vez. Cayó al suelo, hacia delante, envuelto en abalorios.

—¡Beatrice! ¡Vamos!

Kerans tomó a Beatrice por el codo y la hizo pasar por encima del cuerpo tendido en la puerta. La descarga del Colt le había entumecido la mano y el antebrazo. Pasaron por la antecámara y cruzaron rápidamente el bar desierto. Una voz gritó en el puente y unos pies corrieron por la cubierta hacia la borda.

Kerans se detuvo y miró comprendiendo que no podían bajar por las palas de popa.

—Habrá que descender por la pasarela. —Señaló la baranda de estribor, donde los cupidos de club nocturno tocaban la flauta con labios de color rubí y bailaban a un lado y a otro de los escalones—. Puede parecer demasiado evidente, pero no hay otra salida.

Cuando estaban ya a mitad de camino, la pasarela cimbreó en las roldanas y oyeron que el Almirante les gritaba desde el puente. Un instante después percibieron el rugido de un fusil y las balas atravesaron el techo de madera. La boca de la pasarela comenzó a subir hacia el puente. Kerans se agachó y miró hacia arriba, y vio el cañón del fusil que se movía a los lados mientras el Almirante maniobraba con la grúa.

Kerans saltó a la plaza, tomó a Beatrice por la cintura y la bajó de la pasarela. Se encogieron bajo el casco de la nave, corrieron un trecho juntos hacia la calle más cercana y miraron hacia atrás aminorando el paso. Un grupo de hombres de Strangman había aparecido en el otro extremo de la plaza y hablaba a gritos con el Almirante. De pronto se volvieron hacia Kerans y Beatrice, que estaban a cien metros de distancia.

Kerans echó a correr otra vez, con el revólver todavía en la mano, pero Beatrice lo retuvo.

—¡No, Robert! Mira.

Frente a ellos, tomados del brazo y ocupando todo el ancho de la calle, se acercaban otros tripulantes, flanqueando a una figura enfundada en un traje blanco. El hombre caminaba sin prisa, con un pulgar en el cinturón, haciéndoles señas con el otro a los tripulantes, incitándolos a que se adelantaran, casi tocando con los dedos la punta del machete que llevaba el hombre más próximo.

Kerans se volvió y condujo a Beatrice en diagonal a través de la plaza, pero el otro grupo se había desplegado y ahora les cerraba el paso. Una luz de bengala subió desde la cubierta de la nave y difundió una luz rosácea.

Beatrice se detuvo, sin aliento, sosteniéndose inútilmente el tacón roto del zapato dorado. Miró titubeando a los hombres que se acercaban.

—Querido... Robert, ¿por qué no la nave? Trata tú de volver.

Kerans la tomó por el brazo y retrocedieron a las sombras bajo la rueda de proa, donde las palas los protegían de los disparos del Almirante. El esfuerzo de subir a la nave y de correr luego por la plaza había agotado a Kerans, que respiraba ahora con movimientos espasmódicos, de modo que apenas podía sujetar el revólver con firmeza.

—Kerans...

La voz fría e irónica de Strangman flotó en la plaza. Strangman avanzaba a paso moderado, al alcance del Colt, pero bien protegido por los hombres a un lado y a otro. Todos llevaban cuchillos y machetes, y sonreían, tranquilos.

—*Finis*, Kerans..., *finis*. —Strangman se detuvo a media docena de metros de Kerans, los labios torcidos en una mueca sarcástica, examinando a Kerans casi compasivamente—. Lo siento mucho, Kerans, pero se está convirtiendo usted en un aguafiestas. Tire el revólver o mataremos también a la chica. —Esperó unos pocos segundos—. No bromeo.

Kerans recuperó la voz.

—Strangman...

—Kerans, no es el momento de discusiones metafísicas —lo interrumpió Strangman con un tono algo irritado, como si le hablase a un niño caprichoso—. Créame, no es hora de súplicas, no es hora de nada. Le dije que tirara el revólver. Luego adelántese. Mis hombres creen que usted ha raptado a la señorita Dahl. No la tocarán. —Y añadió con un tono de amenaza—: Vamos, Kerans, no queremos que le pase nada a Beatrice, ¿no es cierto? Piense qué hermosa máscara podríamos hacer con esa cara. —Rio entre dientes, nervioso—. Mejor que esa cabeza de caimán que llevaba usted.

Con las flemas atragantándosele, Kerans dio media vuelta, le entregó el revólver a Beatrice y le apretó las manos menudas alrededor de la culata. Antes de que los ojos de los dos se encontrasen, apartó la cabeza, respirando por última vez el perfume de almizcle de los pechos de la joven, y luego echó a caminar hacia el centro de la plaza, como Strangman le había ordenado. Strangman lo miró con una mueca de odio y de pronto saltó hacia delante, gruñendo, llamando a sus hombres.

Los largos cuchillos volaron por el aire y Kerans se volvió, rápidamente, y corrió alrededor de la rueda, tratando de alcanzar el otro lado de la nave. De pronto resbaló en uno de aquellos charcos de agua fétida, perdió el equilibrio y cayó pesadamente. Se incorporó, de rodillas, alzando un brazo para protegerse del círculo de machetes, y sintió entonces que algo lo tomaba bruscamente desde atrás, casi tumbándolo.

Recuperó el equilibrio en el pavimento húmedo y oyó que Strangman gritaba, sorprendido. Unos hombres uniformados que apuntaban con sus rifles salieron rápidamente de las sombras de la nave, donde habían estado ocultos. Adelante marchaba la figura acicalada y enérgica del coronel Riggs. Dos de los soldados llevaban una ametralladora liviana, y un tercero dos cajas con cinturones de munición. Instalaron rápidamente el trípode, a diez metros de Kerans, y apuntaron con el cañón a los hombres de Strangman, que ahora retrocedían, confundidos.

Los otros soldados se adelantaron dispersándose, empujando a los hombres más lentos de Strangman con las puntas de las bayonetas.

La mayoría de los tripulantes se había retirado ya hacia el otro extremo de la plaza, pero un par de hombres, esgrimiendo aún sus cuchillos, trataron de abrirse paso a través del cordón. Los soldados respondieron instantáneamente, disparando por encima de las cabezas de los hombres, que dejaron caer los cuchillos y se retiraron con los demás.

—Muy bien, Strangman, todo ha terminado.

Riggs tocó con la punta de la porra el pecho del Almirante y lo obligó a retroceder.

Completamente desconcertado, boquiabierto, Strangman miraba a los soldados que pasaban junto a él. Alzó los ojos hacia la nave, como si esperara oír un cañonazo que invertiría la situación. En cambio, dos soldados con casco aparecieron en el puente con un reflector portátil y lo enfocaron hacia la plaza.

Kerans sintió que alguien lo tomaba por el codo. Se volvió y vio la cara de pajarraco solícito del sargento Macready, que sostenía un fusil automático. Al principio le costó identificar al sargento, y tuvo que hacer un esfuerzo para reconocer aquellas facciones aquilinas, como si fuesen parte de una cara que recordaba haber visto alguna vez, hacía muchos años.

—¿Está usted bien, señor? —le preguntó Macready con dulzura—. Perdóneme por haberlo sacudido así. Parece que han celebrado aquí una fiesta, ¿no es cierto?

13

Demasiado pronto, demasiado tarde

A las ocho de la mañana del día siguiente, Riggs era dueño de la situación y pudo recibir informalmente a Kerans. Había establecido sus cuarteles en el laboratorio, desde donde dominaba las calles vecinas, y sobre todo la nave encallada en la plaza. Despojados de sus armas, Strangman y los marineros estaban sentados a la sombra, bajo el casco de la nave, vigilados por la ametralladora liviana que manejaban Macready y dos de sus hombres.

Kerans y Beatrice habían pasado la noche en la enfermería, a bordo del barco patrullero de Riggs, una embarcación de treinta toneladas bien armada, que estaba atracada ahora junto al hidroavión, en la laguna central. El barco había arribado poco después de medianoche, y la patrulla de reconocimiento llegó al laboratorio, a orillas de la laguna desagotada, aproximadamente en el mismo momento en que Kerans encontraba a Beatrice en el buque almacén. Cuando se oyeron los disparos de armas de fuego, la patrulla descendió de inmediato a la plaza.

—Sospechaba que Strangman andaba por aquí —explicó Riggs—. Una de nuestras patrullas aéreas informó que había visto el aeroplano un mes atrás, y se me ocurrió que habría dificultades si usted aún no se había ido. El pretexto de tratar de recuperar el laboratorio fue muy oportuno. —Se sentó al borde del escritorio mirando el helicóptero que volaba en círculos—. Esto los tranquilizará un tiempo.

—Daley vuela bien ahora —comentó Kerans.

—Ha practicado mucho. —Riggs volvió los ojos inteligentes hacia Kerans y preguntó en un tono despreocupado—: A propósito, ¿está Hardman aquí?

—¿Hardman? —Kerans meneó lentamente la cabeza—. No, no lo he visto desde el día en que desapareció. Debe de estar muy lejos ahora, coronel.

—Sí, es probable. Pensé que podía estar por estos lados. —Le sonrió a Kerans brevemente, con simpatía. Parecía que le había perdonado por haber echado a pique el laboratorio, o quizá no quería tocar el asunto tan pronto tras el calvario por el que había pasado Kerans. Señaló las calles de abajo que brillaban al sol y el barro seco en los techos y muros como estiércol recocido—. Un panorama bastante horrible. Qué lástima lo del viejo Bodkin. Debería haber venido al norte con nosotros.

Kerans asintió y miró, al otro extremo de la oficina, las marcas que habían dejado los machetes en la madera, alrededor de la puerta, parte de los daños gratuitamente infligidos al laboratorio tras la muerte de Bodkin. Los hombres de Riggs habían limpiado y ordenado casi todo. Habían encontrado el cadáver de Bodkin en el piso de abajo, entre hojas de diagramas manchadas de sangre, y se lo habían llevado al barco patrullero. Sorprendido, Kerans descubrió que ya se había olvidado de Bodkin y que no sentía por él mucho más que una piedad formal. El nombre de Hardman, mencionado por Riggs, le había recordado algo mucho más urgente e importante: el gran sol que aún le latía magnéticamente en el cerebro. Entornó los ojos y vio los interminables bancos de arena y los pantanos del sur, rojos como la sangre.

Se acercó a la ventana, quitándose una astilla de madera de la manga de la chaqueta militar, y miró a los hombres acurrucados bajo el buque almacén. Strangman y el Almirante se habían adelantado hacia la ametralladora y discutían con Macready, que meneaba la cabeza, impasible.

—¿Por qué no arresta a Strangman? —preguntó.

—Porque no se le puede acusar de nada. Legalmente, como él bien lo sabe, tenía todo el derecho de defenderse contra Bodkin, y hasta de matarlo si era necesario. —Kerans lo miró por encima del hombro, sorprendido, y el coronel continuó—: ¿No recuerda las actas de reclamación de tierras y las leyes sobre la conservación de diques? Están todavía en vigor. Sé que Strangman es un individuo muy desagradable, con esa piel blanca y los caimanes y todo lo demás, pero se merece de veras una medalla por haber drenado la laguna. Si se queja, me costará explicar la presencia de esa ametralladora. Créame, Robert, si yo hubiese llegado cinco minutos más tarde y lo hubiera descubierto a usted hecho pedazos, Strangman podía haber aducido que usted era un cómplice de Bodkin, y yo no habría podido alegar nada. Es un hombre listo.

Fatigado tras solo tres horas de sueño, Kerans se apoyó en la ventana y sonrió débilmente, comparando la actitud tolerante de Riggs con lo que él mismo había conocido de Strangman. Comprendió que el abismo que siempre lo había separado de Riggs era ahora mucho mayor. Aunque el coronel estaba solo a unos pocos pasos, subrayando sus argumentos con bruscos floreos de la porra, Kerans no podía aceptar totalmente la idea de que Riggs era una persona real, era prácticamente como si una compleja cámara tridimensional proyectara en el laboratorio la imagen del coronel a través de vastas distancias de espacio y tiempo. El viajero del tiempo era Riggs, y no él mismo. Kerans había advertido ya una falta de realidad física en el resto de la patrulla. La mayoría de los hombres de Riggs habían sido reemplazados, pues todos, Wilson y Caldwell entre ellos, habían empezado a experimentar los sueños. Quizá por esta razón —y quizá también porque, en comparación con los hombres de Strangman, tenían las caras pálidas y debilidad en la mirada— los soldados de Riggs le parecían autómatas, irreales, figuras que iban de un lado a otro cumpliendo tareas como androides inteligentes.

—¿Y el saqueo? —preguntó.

Riggs se encogió de hombros.

—Aparte de algunos pocos víveres, no se han llevado nada que Strangman no pudiera achacar a la exuberancia natural de sus hombres. En cuanto a las estatuas y demás, está llevando a cabo una notable labor de recuperación de obras de arte que habían sido abandonadas. Aunque no conozco los verdaderos motivos de Strangman, lo confieso. —Palmeó el hombro de Kerans—. Olvídese de Strangman, Robert. Si se está quieto es porque sabe que tiene la ley de su lado. Si no fuese así, en este momento se habría desatado aquí una verdadera batalla campal. —Se interrumpió—. Parece cansado, Robert. ¿Tiene usted todavía esos sueños?

—De cuando en cuando. —Kerans se estremeció—. Los últimos días han sido un infierno aquí. Es difícil describir a Strangman... Parece un demonio salido de una secta vudú. Me cuesta aceptar la idea de que lo dejarán en libertad. ¿Cuándo piensa anegar otra vez la laguna?

—Anegar la... —repitió Riggs, sacudiendo la cabeza, estupefacto—. Robert, ha perdido usted el sentido de la realidad, de veras. Cuanto antes se vaya de aquí, mejor que mejor. Anegar la laguna es lo último que se me ocurriría hacer. Si alguien lo intentase, le volaría la tapa de los sesos. La recuperación de tierras, principalmente en un área urbana como esta, justo en el centro de una antigua capital, es prioridad de clase uno. Si Strangman quiere desecar realmente las dos lagunas vecinas, no solo lo perdonarán, sino que lo autorizarán también a saquear lo que se le antoje. —Se asomó a la ventana. Los peldaños de metal de la escalerilla vibraban a la luz del sol—. Aquí viene ahora. Me pregunto qué se traerá en esa maquiavélica cabecita suya.

Kerans se acercó a Riggs, apartando los ojos del laberinto de tejados amarillos y emponzoñados.

—Coronel, tiene que anegarla otra vez, digan lo que digan las leyes. Ha estado usted en esas calles. ¡Son obscenas y horribles! Este es un mundo de pesadilla, muerto y acabado. ¡Strangman ha resucitado un cadáver! Si se queda usted aquí dos o tres días...

Riggs dio media vuelta alejándose del escritorio, e interrumpiendo a Kerans.

—No me quedaré aquí tres días —dijo bruscamente, con un tono de impaciencia en la voz—. No se preocupe. Todas estas lagunas, con o sin agua, no me obsesionan. Nos iremos mañana, todos.

Sorprendido, Kerans dijo:

—Pero no puede irse, coronel. Strangman estará todavía aquí.

—Por supuesto. ¿Cree usted acaso que esa nave tiene alas? Strangman no tiene por qué irse, si se cree capaz de resistir las inminentes olas de calor y las tormentas. Es difícil saberlo. Quizá lo consiga, manteniendo refrigerados unos pocos de estos rascacielos. Más adelante, si drena otros barrios, podríamos repoblar la ciudad. Cuando lleguemos a Byrd, yo mismo recomendaré el proyecto. Pero por ahora nada me retiene aquí. No puedo llevarme el laboratorio, aunque la pérdida no es grave. De cualquier modo, usted y la chica Dahl necesitan descanso, físico y mental. ¿Se da usted cuenta de la suerte que ha tenido esa muchacha? No sé cómo no ha perdido el juicio, Dios santo. —Se oyeron unos golpes secos en la puerta del cuarto, y el coronel se incorporó mirando a Kerans y sacudiendo brevemente la cabeza—. Sí, debería estar agradecido de que yo haya llegado a tiempo.

Kerans caminó hacia la puerta lateral que llevaba a la cocina, pues no quería encontrarse con Strangman. Se detuvo un momento y miró a Riggs.

—No lo sé muy bien, coronel. Temo que haya llegado demasiado tarde.

14

La invasión del mar

Acurrucado en una pequeña oficina, dos pisos más arriba del dique, Kerans escuchaba la música que sonaba entre las luces, en la cubierta superior del buque almacén. La fiesta de Strangman no declinaba. Movidas por dos jóvenes tripulantes, las palas giraban lentamente fragmentando los rayos coloreados de los reflectores que se balanceaban en el cielo. Desde arriba, los toldos parecían la marquesina de una feria, un foco brillante de ruido y animación en la sombría plaza.

Como concesión a Strangman, Riggs se había unido a la fiesta de despedida. Los hombres del coronel —después de que los dos jefes celebraran un pacto— habían retirado la ametralladora y ya no tenían jurisdicción en los niveles más bajos. Strangman, por su parte, prometía no salir del perímetro de la laguna hasta que Riggs se fuera. Durante todo el día, Strangman y sus hombres habían armado un gran alboroto en las calles, saqueando y encendiendo bengalas. Ahora, después de que los últimos huéspedes, el coronel y Beatrice Dahl, dejasen la fiesta y subieran por la escalerilla de incendio hasta el laboratorio biológico, había estallado una pelea en la cubierta, y las botellas volaban por el aire y caían en la plaza.

Kerans había aparecido brevemente en la fiesta, manteniéndose apartado de Strangman, que no había intentado hablar con el biólogo. En un momento, entre dos números musicales, Strangman pasó junto a Kerans y le rozó deliberadamente el codo alzando la copa en un brindis.

—Espero que no esté usted enfadado conmigo, doctor. Parece cansado. —Sonriendo maliciosamente se volvió hacia Riggs, que, rígido y con expresión cautelosa, estaba sentado en un almohadón de seda con borlas, como un delegado otomano en la corte de un bajá—. Las fiestas a las que el doctor Kerans y yo estábamos acostumbrados eran muy distintas, coronel. Realmente animadas.

—Eso me han dicho, Strangman —replicó Riggs serenamente, pero Kerans volvió la cara, incapaz, como Beatrice, de disimular la aversión que sentía por Strangman.

Beatrice miraba en ese momento por encima del hombro hacia el otro extremo de la plaza, frunciendo el ceño y ocultando así brevemente el sopor y la apatía que la dominaban de nuevo.

Observando desde lo alto de la estación, Kerans se preguntó si Strangman, que aplaudía ahora un nuevo número musical, no habría comenzado a desintegrarse tras haber llegado a la cima. Strangman tenía ahora un aspecto repulsivo, y parecía un vampiro putrefacto que arrastraba maldad y horror. El encanto que había mostrado anteriormente había desaparecido del todo, y miraba ahora a un lado y a otro como una bestia ávida. En la primera ocasión propicia, Kerans comentó que se sentía un poco febril, se alejó en la oscuridad y subió al laboratorio.

Convencido ya de que solo había una solución, Kerans sintió que se le ordenaban los pensamientos y podía centrarse en algo más que el perímetro de la laguna.

En el sur, a menos de cien kilómetros, las nubes de lluvia se agolpaban en gruesas capas, ocultando los pantanos y archipiélagos del horizonte. Oscurecido por los acontecimientos de la semana anterior, el poderoso y arcaico sol le retumbaba otra vez en la mente, confundiéndose de algún modo con el astro real y visible que se ocultaba detrás de las nubes. Infatigable, magnético, lo llamaba ahora hacia el sur, hacia el calor y las sumergidas lagunas ecuatoriales.

Ayudada por Riggs, Beatrice subió al techo de la estación, que servía también como pista de aterrizaje para el helicóptero. Cuando el sargento Daley encendió el motor y las palas empezaron a girar, Kerans descendió rápidamente al balcón, dos pisos más abajo. Se encontraba allí a cien metros del helicóptero y a otros cien del dique. La terraza ininterrumpida del edificio unía los tres puntos.

Detrás del edificio un enorme banco de arena subía desde el pantano vecino hasta la baranda de la terraza, donde derramaba plantas y matorrales. Escurriéndose bajo las frondas anchas de los helechos, Kerans caminó a lo largo del dique, entre el extremo de la terraza y el edificio de oficinas cercano. Aparte de lo que era en ese momento canal de desagüe en el otro extremo de la laguna, donde Strangman había instalado las bombas, allí había desembocado el arroyo más importante, de aguas profundas y veinte metros de ancho. No era más que un canal estrecho por donde el agua se escurría entre masas de barro y moho. Una empalizada de troncos bloqueaba la entrada, de dos metros de ancho. En un principio, una vez destruida la empalizada, el agua fluiría lentamente, pero luego arrastraría el barro, ensanchando la desembocadura.

Kerans removió una losa suelta, descubrió un pequeño agujero, y sacó dos cajas negras, cuadradas. Cada una de ellas contenía seis cartuchos de dinamita. Se había pasado toda la tarde buscándolos en los edificios cercanos convencido de que Bodkin había saqueado la armería de la base en el tiempo en que él se había llevado la brújula. Al fin los había encontrado en la pila de un lavadero.

Mientras el motor del helicóptero ronroneaba estrepitosamente, y el tubo de escape humeaba en la oscuridad, Kerans encendió la mecha de treinta segundos, saltó la barandilla y echó a correr hacia el centro del dique.

Se inclinó allí y ocultó las cajas colgándolas de una pequeña estaca que horas antes había metido entre los troncos exteriores, a cincuenta centímetros del agua.

—¡Doctor Kerans! ¡Apártese de ahí, señor!

Kerans alzó los ojos y vio al sargento Macready, en el otro extremo de la barrera, asomado a la baranda de la terraza vecina. Macready se inclinó hacia delante, descubriendo de pronto el extremo chisporroteante de la mecha, y tomó rápidamente su fusil Thompson.

Kerans agachó la cabeza y corrió de vuelta por la barrera de troncos. Alcanzó la terraza y en ese momento Macready gritó otra vez y disparó. Las balas se incrustaron en la baranda, arrancando trozos de cemento, y Kerans cayó al alcanzarle un proyectil en la pierna derecha, justo sobre el tobillo. Trepó a la baranda y vio que Macready se colgaba otra vez el fusil en banderola y saltaba al dique.

—¡Macready! ¡Vuélvase! —le gritó al sargento, que caminaba rápidamente a lo largo de las maderas—. ¡Va a estallar!

El rugido del helicóptero, que se preparaba para partir, ahogó la voz de Kerans. Retrocediendo entre las frondas, Kerans vio que Macready se detenía en el centro del dique y extendía la mano hacia las cajas.

—Veintiocho, veintinueve... —contó Kerans automáticamente.

Dando la espalda al dique, corrió cojeando por la terraza y se arrojó al suelo.

El estruendo de la explosión se elevó hacia el cielo oscuro, y una fuente inmensa de espuma y barro iluminó brevemente la terraza y delineó la figura de Kerans, boca abajo en el suelo. Tras el brusco *crescendo* inicial, el ruido pareció subir en un ronroneo continuo, y el trueno del frente de agua se confundía ahora con el rugido sordo de una catarata. Una lluvia de barro y ramas partidas cayó en las losas de la terraza, alrededor de Kerans. Este se incorporó trabajosamente y se asomó a la barandilla.

El torrente, cada vez más ancho, se precipitaba en las calles arrastrando grandes trozos del banco de cieno. Unos hombres aparecieron corriendo, juntos, en el puente de la nave, y una docena de brazos señaló el agua que se derramaba por la brecha y entraba ahora en la plaza apagando los fuegos y golpeando el casco de la nave, que se balanceaba aún ligeramente tras el impacto de la explosión.

Entonces, de pronto, la base del dique cedió, y una docena de troncos de seis metros de largo cayó hacia delante. El muro de barro se derrumbó a su vez, descubriendo todo el caudal del arroyo interior, y lo que parecía ser un cubo gigante de agua de quince metros de altura se inclinó sobre la calle como una trepidante masa de gelatina. Introducido por el rugido ensordecedor de los edificios que se venían abajo, el mar entero se volcó en la plaza.

—¡Kerans!

Un proyectil le pasó silbando por encima de la cabeza y Kerans se volvió y vio que Riggs venía corriendo desde el helicóptero, con una pistola en la mano. El sargento Daley había parado el motor y ayudaba a Beatrice a salir de la cabina.

El torrente sacudía ahora el edificio. Sosteniéndose con una mano la pierna derecha, Kerans fue cojeando hasta la torrecilla donde había estado mirando la plaza. Sacó del pantalón el Colt 45, tomó la culata con ambas manos y, apoyándose en el muro, disparó dos veces a la cabeza descubierta de Riggs. Los tiros no dieron en el blanco, pero Riggs se detuvo y retrocedió para agacharse detrás de una balaustrada.

Kerans oyó unos pasos acercarse rápidamente, miró alrededor, y vio a Beatrice correr por la terraza. Riggs y Daley gritaban ahora. Beatrice llegó a la esquina de la terraza y cayó de rodillas junto a Kerans.

—¡Robert, tienes que irte, pronto, antes de que Riggs llame a los otros hombres! Quiere matarte.

Kerans asintió, poniéndose de pie a duras penas.

—El sargento... No había caído en que estaba de guardia. Dile a Riggs que lo siento...

Miró a Beatrice con una expresión desvalida y se volvió por última vez hacia la laguna. El agua negra se agitaba entre los edificios casi al nivel de las ventanas más altas. Volcada, y con las palas arrancadas, la nave de Strangman flotaba lentamente hacia la otra orilla. La quilla apuntaba al aire como el vientre de una ballena moribunda. Los bordes afilados de las cornisas a flor de agua abrían largos boquetes en el casco, y unos chorros de vapor y espuma subían impetuosamente a la superficie. Kerans miraba en silencio, con un placer contenido, saboreando el aroma fresco que el agua había traído de nuevo a la laguna. No se veía a Strangman ni a ningún otro miembro de su tripulación, y los pocos fragmentos del puente y de la chimenea que flotaban en la superficie se hundían y asomaban arrastrados por las aguas borboteantes.

—¡Robert! ¡No esperes más! —Beatrice tomó a Kerans por el brazo volviendo la cabeza hacia las figuras de Riggs y el piloto que se movían rápidamente a unos cincuenta metros—. Querido, ¿adónde irás? Cuánto siento no poder estar contigo.

—Al sur —dijo Kerans dulcemente, escuchando el ruido de las aguas cada vez más profundas—. Hacia el sol. Estarás conmigo, Bea.

La abrazó y luego se arrancó de las manos de la muchacha. Corrió hacia la baranda del fondo, apartando las hojas pesadas de los helechos. Bajó al banco de barro, y Riggs y Daley aparecieron en la esquina de la torre y dispararon sus armas hacia el follaje, pero Kerans se agachó y corrió entre los troncos inclinados, hundiéndose hasta las rodillas en el cieno.

El agua había bajado allí un poco al precipitarse en la laguna, y Kerans arrastró trabajosamente la pesada balsa —una plataforma de cuatro barriles de doscientos litros— entre las cañas duras, hacia la orilla.

Cuando ponía en marcha el fueraborda, Riggs y el piloto aparecieron entre los helechos. Kerans, agotado, se echó en la balsa, y los disparos del .38 de Riggs atravesaron la pequeña vela triangular. Lentamente, la distancia entre la balsa y la orilla fue aumentando —cien metros, luego doscientos— y al fin Kerans llegó a la primera de las isletas, conformada por los tejados de unos edificios aislados que asomaban en la marisma.

Kerans se sentó y arrió la vela, y luego contempló por última vez el perímetro de la laguna.

Riggs y el piloto ya no estaban a la vista, pero en la cima del edificio la figura de Beatrice saludaba lentamente, moviendo un brazo y luego otro, y mirando hacia la marisma, aunque no podía ver a Kerans detrás de la isleta. Lejos, a la derecha de Beatrice, Kerans distinguió los otros sitios que conocía tan bien, e incluso el techo verde del Ritz que se levantaba entre los barros de alrededor, envuelto en la niebla. Al fin solo vio las letras gigantescas que habían pintado los hombres de Strangman y que asomaban en la oscuridad sobre el agua lisa como un decisivo epitafio: ZONA DEL TIEMPO.

Una corriente de resaca aminoró la marcha de la balsa, y quince minutos más tarde, cuando el helicóptero llegó rugiendo, Kerans no había alcanzado aún la otra orilla. Acercándose al último piso de un edificio pequeño entró por una ventana y esperó con paciencia mientras la máquina subía y bajaba ametrallando las islas.

Cuando el helicóptero se alejó, Kerans se puso otra vez en marcha y al cabo de una hora navegaba ya por las aguas de salida de la marisma y entraba en el ancho mar interior que lo llevaría al sur. Abundaban allí las islas, de varios cientos de metros de longitud, cubiertas por una espesa vegetación que se derramaba en el agua. El nivel del agua había subido desde el tiempo en que habían estado buscando a Hardman, y las formas de las orillas eran completamente distintas. Kerans subió a bordo el motor, alzó la vela pequeña y navegó a unos cinco kilómetros por hora tomando de lado la leve brisa del sur.

La pierna había empezado a quedarse agarrotada por debajo de la rodilla. Abrió el botiquín, se lavó la herida con el rociador de penicilina y se la vendó. Poco antes del alba, cuando el dolor se le hizo insoportable, tomó un comprimido de morfina y cayó en un sueño profundo y pesado, en el que el gran sol se expandió hasta llenar el universo, de modo que hasta las mismas estrellas se estremecían con cada uno de los latidos del astro.

Despertó a las siete de la mañana, apoyado de espaldas en el mástil, de cara al sol, sosteniendo el botiquín abierto en el regazo. La proa de la balsa golpeaba levemente un helecho arbóreo que crecía a orillas de una isleta. A una distancia de un kilómetro, volando a quince metros sobre el agua, el helicóptero ametrallaba las islas. Kerans bajó el mástil y lo metió bajo el árbol esperando a que el helicóptero se alejara. Masajeándose la pierna, y temiendo los efectos de la morfina, comió lentamente una barrita de chocolate, la primera de las diez que había logrado reunir. Por fortuna, Riggs había indicado que Kerans podía tener libre acceso al almacén del barco patrullero.

Los ataques aéreos se repitieron con intervalos de media hora, y en una ocasión el helicóptero voló directamente sobre la balsa. Desde su escondrijo en una de las islas, Kerans vio con nitidez a Riggs que miraba por la escotilla, tensando la mandíbula menuda. No obstante, la frecuencia con que disparaban con la ametralladora fue disminuyendo, y a la tarde los vuelos se interrumpieron definitivamente.

Por ese entonces, a las cinco, Kerans ya se sentía agotado casi por completo. La temperatura del mediodía, de casi cincuenta grados centígrados, le había despojado de toda energía. Ahora, yacía frágil bajo la vela enmohecida mientras dejaba que el agua caliente le humedeciera el pecho y la cara y esperaba el fresco de la noche. La superficie del agua era un fuego brillante, y la balsa parecía flotar a la deriva en una nube de llamas. Perseguido por extrañas visiones, Kerans remó débilmente con una mano.

15

Los paraísos del sol

Al día siguiente, por fortuna, las nubes de tormenta se interpusieron entre Kerans y el sol, y el aire fue notablemente más fresco. A mediodía el termómetro marcó treinta y cinco grados. La vasta masa de cúmulos negros, a no más de ciento cincuenta metros de altura, oscurecía el aire como un eclipse solar, y Kerans revivió lo suficiente como para arrancar el motor y marchó hacia el sur a quince kilómetros por hora. Avanzaba rodeando las islas, siguiendo al sol que le latía en la mente. Por la noche, cuando se desató la tormenta, se sintió con fuerzas para mantenerse de pie en una pierna junto al mástil, dejando que la lluvia torrencial le corriera por el pecho y le arrancara los jirones de la chaqueta. Al fin la tormenta amainó y pudo ver, no muy lejos, la orilla del mar: una línea de enormes bancos de arena de unos cien metros de altura. Brillaban a lo largo del horizonte, a la luz espasmódica del sol, como campos de oro. Más allá, sobre ellos, asomaba la jungla.

A un kilómetro de la costa, la balsa se detuvo y Kerans descubrió que se había quedado sin combustible. Desmontó el motor, lo arrojó al agua y miró cómo se hundía en la superficie parda con un torbellino de burbujas. Arrió la vela y remó lentamente contra el viento. Cuando llegó a la orilla estaba ya oscureciendo, y las sombras se extendían sobre las vastas pendientes grisáceas. Arrastró la balsa por el barro, cojeando en las aguas bajas, y se sentó apoyando la espalda en uno de los barriles. Mirando la inmensa soledad de la playa moribunda, no tardó en caer rendido por el sueño.

A la mañana siguiente desmontó la balsa y llevó las distintas partes, una a una, por la pendiente de fango, esperando descubrir un canal de agua que lo llevara al sur. Los grandes bancos ondulados se extendían a su alrededor hasta perderse de vista, con dunas suaves sembradas de cefalópodos y nautiloides. No se veía el mar, y Kerans estaba solo ahora, con aquellos pocos objetos sin vida, como restos de un continuo desvanecido, entre las dunas que se sucedían ininterrumpidamente, llevando los pesados barriles de una cresta a otra. Arriba, el cielo opaco y despejado, de un impasible color azul, se parecía al techo de la profunda e irrevocable psicosis de la esfera celestial y tormentosa que había conocido en los últimos días. A veces, tras dejar caer una carga, equivocaba el camino de vuelta y marchaba de un lado a otro entre las hondonadas silenciosas de suelo agrietado en bloques hexagonales, como un hombre encerrado en una pesadilla en busca de una puerta de salida invisible.

Al fin abandonó la balsa, recogió algunas pocas provisiones y echó a caminar mirando de reojo cómo los barriles se hundían lentamente en el barro. Evitando cuidadosamente las arenas movedizas entre las dunas, fue hacia la jungla lejana, donde las torres verdes de los belchos y los helechos arbóreos de treinta metros de altura se alzaban imponentes.

Descansó otra vez bajo un árbol a orillas de la floresta, limpiando cuidadosamente la pistola. Podía oír, ante él, los chillidos de los murciélagos que volaban entre los troncos oscuros, en el interminable mundo crepuscular de la selva, y los gruñidos y arremetidas de las iguanas. El tobillo había empezado a hincharse y doler: el continuo ejercicio del músculo había extendido la infección original. Cortó la rama de un árbol y entró renqueando entre las sombras.

Llovió al anochecer. El agua azotó las vastas sombrillas a treinta metros de altura. De vez en cuando unas cascadas fosforescentes se abrían paso entre las hojas y se derramaban sobre Kerans quebrando la luz negra. Kerans temía descansar allí de noche y siguió adelante disparando contra las iguanas que lo atacaban, corriendo de un tronco a otro. Descubría a veces una brecha en el elevado palio de hojas, y una luz pálida iluminaba el claro justo donde el techo en ruinas de un edificio asomaba entre el follaje, castigado por la lluvia. Sin embargo, las estructuras que había levantado la mano del hombre eran cada vez más raras. La vegetación y el barro habían devorado los pueblos y ciudades del sur.

Durante tres días cruzó la jungla sin detenerse a dormir, alimentándose con las bayas gigantescas que crecían como racimos de manzanas, utilizando siempre una rama como bastón. Periódicamente, a la izquierda, vislumbraba el dorso plateado de un río, una superficie de agua que bailaba bajo la lluvia, pero unos inmensos mangles le impedían llegar a la orilla.

El descenso al bosque fantasmagórico siguió así durante días, bajo la lluvia que azotaba la cara y los hombros de Kerans. En algunos momentos dejaba de llover y unas nubes de vapor se movían entre los árboles, flotando como vellocinos translúcidos, y apagándose cuando el agua caía otra vez.

En uno de estos intervalos Kerans trepó a una elevación en el centro de un claro, esperando poder escapar a las nieblas húmedas, y descubrió que estaba en un valle estrecho, entre pendientes arboladas parecidas a las dunas que había dejado atrás. De cuando en cuando la niebla se arremolinaba y se despejaba, y alcanzaba a ver entonces el río selvático, a un kilómetro de distancia, entre unos picos. El sol crepuscular teñía el cielo húmedo, y unas nubes pálidas de color escarlata seguían el contorno arcilloso y mojado. Kerans se acercó a las ruinas de lo que había sido quizá un pequeño templo. El atrio era un semicírculo de escalones bajos y columnas derruidas. El techo se había derrumbado y de las paredes laterales solo quedaban en pie unos pocos metros cuadrados. En el otro extremo de la nave el altar arruinado se alzaba sobre el vasto panorama del valle, donde se hundía lentamente el disco anaranjado del sol, velado por la niebla.

Kerans pensó que podía pasar allí la noche y avanzó

por el pasillo. Se detuvo un momento, distraídamente, cuando empezó a llover otra vez, y por último llegó al altar, y apoyando los brazos en la tabla de mármol, que le llegaba al pecho, observó el disco decreciente del sol. La superficie del astro se sacudía rítmicamente como un trozo de metal fundiéndose en un caldero.

—¡Aaa-ah!

Un grito casi humano resonó débilmente en el aire húmedo, como el gruñido de una bestia herida. Kerans miró alrededor, rápidamente, preguntándose si alguna iguana lo habría seguido hasta las ruinas. Pero en la jungla, el valle y aquel sitio lleno de piedras reinaba el silencio, solo interrumpido por el agua que corría entre las grietas de los muros.

—¡Aaa-ah!

Esta vez Kerans creyó oír que el sonido venía del otro lado del altar, donde se reflejaba el sol. El disco había latido de nuevo, arrancando aparentemente esta respuesta ahogada, que parecía una protesta a la vez que un agradecimiento.

Secándose el sudor de la cara, Kerans caminó lentamente alrededor del altar, y retrocedió con un sobresalto cuando casi tropezó con el cuerpo andrajoso de un hombre sentado de espaldas al altar, con la cabeza apoyada en la piedra. Los sonidos habían venido, evidentemente, de esta figura macilenta, tan inmóvil y ennegrecida que parecía un cadáver.

Las largas piernas del hombre yacían en el suelo como dos maderos carbonizados, envueltos en harapos negros y pedazos de corteza. Unos andrajos similares, unidos entre sí por cortos tallos de trepadoras, le protegían los brazos y el pecho hundido. La barba negra y rala, y que parecía haber sido abundante en otro tiempo, le cubría casi toda la cara, y el agua de la lluvia le corría por la mandíbula pequeña pero afilada que apuntaba a la luz moribunda. El sol se le reflejaba en la piel de la cara y de las manos. Una de estas manos, una garra esquelética y verde, se alzó de pronto como si saliera de la tumba y señaló el sol. En seguida cayó débilmente al suelo. Cuando el disco latió otra vez, el hombre pareció reaccionar de algún modo. Las depresiones profundas a los lados de la boca y la nariz, las mejillas huesudas, la piel tan pegada a los huesos de la mandíbula ancha que no parecía haber sitio allí para la cavidad bucal, se llenaron un instante, como si un breve soplo de vida hubiese insuflado momentáneamente el cuerpo.

Incapaz de moverse, Kerans se quedó mirando la figura marchita. El hombre era solo un cadáver resucitado, desprovisto de comida o herramientas, como si lo hubieran sacado de la tumba y dejado allí, apoyado contra el altar, a la espera del Día del Juicio.

De pronto Kerans comprendió por qué el hombre no había notado aún que no estaba solo. El sol le había quemado y ampollado la piel alrededor de los ojos, y en el fondo de las órbitas, profundas como chimeneas ennegrecidas, unas películas ulceradas reflejaban débilmente la luz distante. Las úlceras le habían devorado las córneas casi por completo. Cuando el sol se ocultó detrás de la jungla y el crepúsculo se hubo extendido como un paño mortuorio sobre la lluvia gris, el hombre levantó la cabeza dolorosamente, como si quisiera retener la imagen que había ardido de un modo tan devastador en aquellas retinas, y en seguida cayó de espaldas contra la almohada de piedra. Un enjambre de moscas brotó del suelo y zumbó sobre las mejillas húmedas.

Kerans se inclinó para hablarle al hombre, que pareció sentir de algún modo ese movimiento. Ciegamente, los ojos ahuecados se volvieron hacia aquel nimbo opaco y próximo.

—Eh, oiga. —La voz del hombre era un débil chirrido—. Eh, usted, soldado, ¡acérquese! ¿De dónde viene? —La mano izquierda corrió como un cangrejo por la piedra mojada, como si buscara algo—. ¡Se ha ido otra vez! ¡Aa-aah! ¡Se aleja de mí! Ayúdeme, soldado, lo seguiremos. Antes de que se vaya para siempre.

Extendió la garra hacia Kerans, como un mendigo agonizante. Luego la cabeza le cayó de nuevo hacia atrás y la lluvia le golpeó el cráneo negro.

Kerans se arrodilló. Lo que quedaba de los pantalones, deshechos por el sol y las lluvias, mostraba que el hombre era un oficial del ejército. La mano derecha, que hasta entonces había estado cerrada, se abrió débilmente y mostró un pequeño cilindro de plata con un cuadrante circular: la brújula de bolsillo de las patrullas aéreas.

—¡Eh, soldado! —El hombre había revivido de pronto, volviendo hacia Kerans la cabeza sin ojos—. Es una orden, ¡no me deje! Puede descansar mientras monto guardia. Mañana nos pondremos en marcha otra vez.

Kerans se sentó junto al hombre, abrió el paquete que había traído consigo y empezó a secarle la cara y a quitarle las moscas muertas. Tomándole el rostro enjuto entre las manos, como a un niño, le dijo lentamente:

—Hardman, soy Kerans, el doctor Kerans. Iré con usted, pero trate de descansar ahora.

Hardman no pareció reconocer el nombre y frunció ligeramente el ceño, perplejo.

Kerans dejó a Hardman apoyado contra el altar, y ayudándose con el cuchillo desenterró unas losas agrietadas. Llevó los pedazos hasta el altar, bajo la lluvia, y construyó un refugio tosco a su alrededor, tapando las grietas con plantas trepadoras que arrancó de los muros. Aunque ahora estaba protegido de la lluvia, Hardman pareció algo inquieto en aquel ambiente oscuro, pero pronto cayó en un sueño ligero, interrumpido de cuando en cuando por unos ronquidos estertóreos. Kerans regresó a las orillas oscuras de la selva, recogió unas bayas, volvió al refugio y se sentó junto a Hardman hasta que el alba apareció tras ellos, sobre las lomas.

Kerans se quedó con Hardman los tres días siguientes, durante los cuales lo alimentó con bayas y le roció los ojos con penicilina. Reforzó el refugio con otras losas y preparó unos toscos jergones de hojas para la noche. Hardman se pasaba la tarde sentado en el umbral, mirando el sol distante velado por las nieblas. Entre una tormenta y otra los rayos del sol, aclarados por la lluvia, iluminaban la cara verdosa de Hardman con un resplandor raro e intenso. No recordaba a Kerans y lo llamaba simplemente «soldado», y salía solo a veces de aquel letargo para dar una serie de órdenes inconexas acerca de los quehaceres del día siguiente. Kerans sentía cada vez más que la personalidad real de Hardman estaba ahora profundamente sumergida en el interior de aquella mente abrumada por el delirio y el abatimiento físico y que el comportamiento y las reacciones del teniente no eran más que pálidos reflejos de esa personalidad. Supuso que Hardman había perdido la vista hacía un mes y que luego se había arrastrado instintivamente hacia los terrenos más altos de las ruinas. Desde allí podía sentir la presencia del sol, la única entidad capaz de imprimirle aún una imagen en las debilitadas retinas.

Al segundo día, Hardman comenzó a comer con voracidad, como si se preparara para otra marcha por la jungla, y al concluir el tercer día había consumido ya varios racimos de bayas gigantescas. La fuerza pareció volver súbitamente a su esvelto pero consumido cuerpo, y por la tarde fue capaz de mantenerse en pie, apoyado en el dintel, mientras el sol se hundía tras las lomas arboladas. Kerans no tenía claro si el teniente lo reconocía al fin, pero el monólogo de órdenes e instrucciones había cesado de pronto.

Kerans no se sorprendió cuando despertó al día siguiente y descubrió que Hardman se había ido. Se levantó a la luz pálida del alba y caminó cojeando hasta la orilla de la floresta, donde un arroyo se bifurcaba abriéndose paso hacia el río distante. Alzó los ojos y miró las ramas oscuras de los helechos, que pendían en el aire silencioso. Gritó débilmente el nombre de Hardman, se quedó escuchando los ecos apagados que se perdían entre los troncos sombríos y luego volvió a las ruinas. Había aceptado ya que Hardman se hubiese ido sin hacer mediar palabra, sabiendo que quizá ya no se encontraría otra vez con el hombre en su odisea común hacia el sur. Mientras los ojos de Hardman fuesen capaces de sentir las señales distantes que transmitía el sol, y mientras las iguanas no lo descubrieran, el teniente seguiría caminando, adelantando las manos, alzando la cabeza hacia el sol que atravesaba las ramas.

Kerans esperó otros dos días en el refugio, por si acaso Hardman decidía volver, y luego se puso en marcha. Se le habían terminado los suministros médicos y ahora no llevaba más que un saco de bayas y el Colt, cargado con dos proyectiles. El reloj, que funcionaba aún, le servía de brújula, y llevaba cuidadosa cuenta de los días dibujando una marca en el cinturón todas las mañanas.

Siguiendo el valle, vadeó el arroyo, tratando de alcanzar las orillas del río lejano. Las intermitentes lluvias torrenciales golpeaban la superficie del agua, pero ahora solo duraban unas pocas horas y se concentraban en la mañana y la noche.

Cuando Kerans descubrió que el curso del arroyo lo obligaba a dar un rodeo de varios kilómetros hacia el oeste abandonó el intento de llegar al río y siguió hacia el sur, dejando atrás la selva de las lomas, y entró en una floresta menos densa. Luego dio con unos grandes pantanos.

Bordeó los pantanos y llegó de pronto a las costas de una laguna inmensa, de más de un kilómetro de diámetro, con una playa de arena blanca donde asomaban los techos de unos pocos edificios en ruinas que parecían chalés a orillas del mar. Descansó un día en uno de estos edificios, tratando de curarse el tobillo, hinchado y ennegrecido ahora. Asomado a la ventana, miró cómo la lluvia de la tarde se descargaba en la laguna con una furia implacable. Al fin las nubes se alejaron y el agua se convirtió más bien en una sábana de vidrio de distintos colores que parecían recapitular todos los cambios que había visto en los sueños.

La temperatura había subido considerablemente, y Kerans pensaba que había viajado por lo menos doscientos kilómetros hacia el sur. El calor lo invadía todo de nuevo, con temperaturas de hasta cincuenta grados. Kerans se resistía a dejar la laguna de playas desiertas y la silenciosa selva. Sabía de algún modo que Hardman moriría muy pronto y que quizá ni siquiera él mismo podría sobrevivir a las inmensas junglas del sur.

Acostado de espaldas, dormitando a medias, pensaba en los acontecimientos de los últimos años, que habían culminado con la llegada de la expedición a las lagunas centrales y lo habían lanzado a esa odisea neurónica, y en Strangman y en aquellos disparatados caimanes, y, atormentado por la pena y el cariño, tratando de retener todo lo posible ese recuerdo, en Beatrice y su animosa sonrisa.

Al fin volvió a inmovilizarse la pierna con la rama y escribió con el cañón del Colt un mensaje en la pared, debajo de la ventana, convencido de que nadie lo llegaría a leer nunca:

Día 27. He descansado y sigo hacia el sur.
Todo va bien. Kerans.

Dejó la laguna y entró de nuevo en la selva. Al cabo de unos pocos días había perdido el rumbo y caminaba a orillas del agua hacia el sur, bajo el calor y la lluvia crecientes, bajo los ataques de caimanes y murciélagos gigantescos, como un segundo Adán en busca de los olvidados paraísos del sol renacido.

Índice